Friedrich Wilhelm Grimme

De Kumpelmäntenmaker oder Hai mott wierfriggen

Lustspiel in sauerländischer Mundart

Friedrich Wilhelm Grimme

De Kumpelmäntenmaker oder Hai mott wierfriggen
Lustspiel in sauerländischer Mundart

ISBN/EAN: 9783744619455

Hergestellt in Europa, USA, Kanada, Australien, Japan

Cover: Foto ©Andreas Hilbeck / pixelio.de

Weitere Bücher finden Sie auf **www.hansebooks.com**

De Kumpelmäntenmaker

oder

Hai mott wierfriggen.

Lustspiel in sauerländischer Mundart

von

F. W. Grimme.

Münster,
Nasse'sche Verlagsbuchhandlung.
1875.

Personen.

1. Der Amtmann.
2. Sidonia, seine Frau.
3. Fritzchen, beider Sohn.
4. Engelbert Schmidt, Commissionär.
5. Meister Philipp Fastabend, Maurer und Ofensetzer.
6. Lottchen, Haushälterin bei Engelbert's Vater.
7. Ein junger Herr.
8. Ein junger Bauer.
9. Ein Briefbote.
10. Ein Geist.

De Kumpelmäntenmaker

oder

„hai mott wierfriggen."

Erste Scene.

Familienzimmer des Amtmanns. Sidonia ist beschäftigt, die feinern Meubel des Zimmers, Sopha, Sessel, Spiegeltisch u. s. w. behutsam zu verdecken.

Sidonia (verdrießlich). Es ist bereits neun Uhr, aber der Kerl bleibt aus. Da sitze ich vom frühen Morgen an in der kalten Stube — das Thermometer zeigt sieben Grad — die Finger sind mir ganz verklommen, ich kann nicht stricken, nicht sticken, nicht nähen. Ach, die Handwerker heutzutage! Muß man sich da von einem Ofenputzer Tag auf Tag an der Nase herumführen lassen! Schon dreimal habe ich hingeschickt, und immer heißt es: „Ich komme", aber wer ausbleibt, das ist Meister Fastabend. Und ohne ihn thut's nun einmal der Ofen nicht mehr, schwalcht seit acht Tagen, daß einem die Augen thränen, und heute schwalcht er nicht einmal mehr, sondern macht einfach Streike. Drütchen hat hineingeblasen, daß ihr beinah die Backen platzten; ich habe mich dran versucht, aber der Athem ist mir ausgegangen. Doch dieser Meister Fastabend! gerade als wenn heute Fastnacht, sein Namenstag wäre, so narrt und vexirt er mich. Schon zum drittenmal verdecke ich nun die Meubel, vielleicht zum drittenmal umsonst, wenn mein lieber Musje mich wiederum anführt. Man sollte doch meinen, wenn die Frau Amtmann zu ihm schickt, so würde er auf der Stelle erscheinen. Wie nachlässig mag er's erst bei andern Leuten treiben! Ich sollte ihm eigentlich von Amtswegen kommen und ihm meines Mannes Polizeidiener in's Haus schicken, der mit seinem schweinsborstigen Schnurrbart die Kinder des ganzen Städtchens in's Bett jagt und mit einem Wink seines Fingers alle Hunde von der Straße scheucht. Nein, dieser rußige Ofenputzer und Wandverschmierer, er bringt mich schier zur Verzweiflung. — (Gelassener.) Doch ich thue ihm vielleicht Unrecht. Vorgestern hat er seine Frau begraben; das mag ihm so sehr sein ganzes Concept gestört haben, daß er alle seine Kunden darüber vergißt. Wer weiß, was man selbst in ähnlicher Lage alles vergessen würde! (Resolut.) Eh, was! eine so zart besaitete Seele ist er nicht. Wenn's wahr ist, was mir unser Drütchen erzählte, er habe gestern, also keine 24 Stunden nach dem Begräbniß, den ganzen Tag „blau" gemacht und sei von einem Wirthshaus in's andre gegangen, warte, so werde ich ihm durabel in's Gewissen predigen. Fähig war er freilich dazu. Seine Frau hat die guten Tage bei ihm recht wohl zählen können, er soll der leibhaftige Hausteufel und Knurrtopf gegen sie gewesen sein, so oft er sie auch bei mir und Andern seine honigsüße Liebe nannte. Komplimente hat er in beiden Aermeln sitzen, aber den Grobian im Nacken. Doch er sei, wie er will, wenn er nur jetzt käme und mir den Ofen reinigte! — (Sie schellt.) Drütchen! — (Sie schellt nochmals und ruft zur Thür hinaus.)

Drütchen, lauf noch einmal und zum letztenmal hin und sag' ihm, wenn er nicht sofort käme, so kündigte ich ihm die Kundschaft und sähe mich nach andern Leuten um. Frieren um seinetwillen mag ich nun einmal nicht mehr.

Meister Fastabend (tritt auf, eine kleine Mulde mit Lehm und Geschirr zum Ofenputzen tragend; sehr complimentös). Näi, Frau Amtmännske! fraisen ümme myinetwillen, näi, dat sall Sai nit! O Heer, dat söll myi läid daun in der Säile! Bitte, Frau Amtmännske, en klein wenig in Acht genuammen! Sai könn süs van myi= nem Mölleken en klein Schmützken aut Kleid kryigen. — Näi, sau'ne gudde Madamm sall myi nit fraisen, kein Finger sall iär kalt weeren. Och Heer! Mester Fastowend söll use laiwe Frau Amtmännske vergiät= ten? Drütchen was der gar nit noidig; op der Trappe sin ik iär all in de Maite kummen, ik hoorte nau't leste Wort von der gnödigen Frau Amtmännsken, un sagte: „Kind, blyif hyi! Phyilipp Fastowend wäit, bat der te daune is." — Doch niu: schoinen Gud= den Muargen, Frau Amtmännske! wünse sanftschlo= pende Nacht nohdriäglik un gudden Awetyit taum Kaffäi nohdriäglik. (Setzt die Mulde und das übrige Geschirr auf den Boden.)

Sidonia. Danke schön! Aber hör' Er, Meister Fastabend, ich war schon recht ärgerlich auf Ihn. Mich immer wieder anzuführen und in der kalten Stube sitzen zu lassen! (Er nimmt inzwischen mit vielem Anstande eine Prise.) Ich wollte schon zu meinem Manne auf's Büreau gehen und mir seinen Polizeidiener borgen. In allem Ernst, Ihr verschlechtert Euch.

Fastabend (auf seine Dose zeigend). Is't gefällig, Frau Amtmännske? kann ik met'm Pryisken dainen? 't is ganz wat Fyins.

Sidonia (sich abwendend). Pfui, geht mir doch weg mit Euerm Zeug! Ihr wißt ja wohl.....

Fastabend. Ach, bidde diusendmol ümme Entschuldigung. Gewiß, gewiß: ick wäit jo wuall, Frau Amtmännske schnuiwet nit. Myine säll'ge Frugge schnauf met. (Traurig.) O Guatt! myine säll'ge Frugge! (Wischt sich die Augen mit dem Aermel.) Myine gudde, laiwe Frugge!! Myine huannigsaite Laiwe!! — Hiät Sai't wuall hoort, Frau Amtmännske? sai is daut — ehrgistern hewwe' if se begrawen. Ach, if sin 'n geschlagenen Mann! Ach, wann if hundert Johr' alt weere, if lache myin Liäwen nit mehr.

Sidonia. Ja, ich hab' es zu meinem großen Bedauern gehört, und muß sagen: Sie thun mir von Herzen leid.

Fastabend (wieder complimentös). Ach, dat wußt' if, Frau Amtmännske! If wußte, dat et iär leid doh. O Guatt, wamme of sau lange Johre sau gutt befreundet wiäst is, ase if un Sai, Frau Amtmännske! Ach, un all met iärem säll'gen Vatter, met diäm was if sau ganz special — et was en netten, laiwen Heeren!

Sidonia. Nun, Meister Fastabend, so zeigt denn 'mal Eure Freundschaft dadurch, daß Ihr mir möglichst schnell den Ofen reinigt und ausschmiert, und daß Ihr mir dabei so wenig Schmutz als möglich in's Zimmer macht. Das vorige Mal habe ich einen ganzen Tag hinter Euch her fegen und putzen müssen.

Fastabend. Diu laiwer Heer, Frau Amtmännske! Et mag wuall mol sau'n klein Stüfffen, sau'n half aber Verrels-Stüfffen niäwenhiär fallen syin. Awer, sall Sai saihn, van Dage mak' if alles sau awetyitlif, Sai sall saufoorts vamme Bähn op der

Gere iätten können. Saihn Sai mol: twäi graute Pappendickels heww' if metbracht — den äinen legg' if hyihenne, den andern dohenne — un well alles sau nyipe un met Manäier anpacken. Sai hiät det Sopha un all dai schoinen Diske un Spaigels tauhangen — et wör der nit noidig wiäst, dofüär härr' Sai sik imme Sopha resten können — jä, dat härr' Sai konnt. Mester Fastowend — o, sau pröpperlik un awetyitlik is kein Uawenpützer op twintig Stunde Wiäges.

Sidonia. Nun, laßt es heute sehn. Und sangen Sie hurtig an — ich habe lange genug gefroren.

Fastabend. Joh, Frau Amtmännske, if fange an. Aeist nau'n Pryisken (er schnupft). Sai niämmet nit? — nu dann an de Aarbet. (Er klopft an die Ofenröhre und schlägt den Untersatz ab.) Ach, dat sall wual shyin! dat Ueäweken konn nit mehr briännen; do was Mester Fastowend noidig. — Awer Sai well wiäggohn, Frau Amtmännske? Blyiwe Sai ment dryist hyi! et sall iär kein Schnüfffen Melm op det schnaiwitte Halskrägesken stiuwen. (Bittend.) Blyiwe Sai hyi — myi te Gefalle! (Traurig.) Oh, myin Hiärte is myi sau vull un sau schwor! if mott mik iutkuiern met ener Menskensäile, dai Gesaihl hiät — süs springer't myi in Schiärwen. (Sich die Augen wischend.) O myine säll'ge Frugge! myine laiwe, gudde Frugge! Sau'n gutt Menske weert nit wier junk, un wann de Welt nau diusend Johre stäit! Sau'ne Frugge liäwet nit van hyi bit no Berlyin — (schmeichelnd) ments iutgenuammen de gnödige Frau Amtmännske. (Traurig.) Och, sai harr' mik sau laif! Un if — if harr' sai sau laif! barwes wör' if füär se düär de Helle laupen.

Sidonia. Aber, Meister Fastabend, jetzt, wo

Ihr sie im Himmel habt, da lauft Ihr für sie durch alle Wirthshäuser. Ich muß Euch sagen, was ich gehört habe, das hat mir nicht gefallen. Eben vom Kirchhof zurück, habt Ihr den ganzen lieben Tag gesoffen. Wie reimt sich das mit der Versicherung, daß Ihr Eure Frau so lieb gehabt?

Fastabend (rüfig). Oh, Frau Amtmännske! dat ryimet sik as' en Kiärkenlaid. Vertwyifelunge füär liuter Trur un Schwiärten, nix ase Vertwyifelunge! (Traurig.) Sau droh ase myine laiwe Frugge iutem Hiufe driägen was, do konn ik et nit mehr iuthallen in myinen väier Pösten; et was myi, ase wann dat ganze Stuawen-Gebühntse op mit diällfallen wöll. Soh ik den Stauhl an, jä, do harr' fai oppe fiätten! Soh ik myi den Disk an, jä, fai harr' dervan giätten! Soh ik den Uawen an, fai harr' ne stuackert. Genk ik in den Stall no'm Schwyinken, sell myi myine Frugge in; soh ik oppem Huawe det Goisken an, de Frugge sell myi in, un ümmer un alltyit sell myi de Frugge in. As' ik mik gistern Muargen antaug — myine Huasen, de Frugge harr' se stricket — myin Wammes, de Frugge harr't lappet — myine Schauh, fai harr' se myi jeden Soterdag Owend schmiärt. — Saihn Se, Frau Amtmännske, do konn ik et ganz un gariut nit mehr iuthallen, de pure Vertwyiflunge dräif mik iutem Hiuse. Na, u'n bo well me dann hennegohn? Me gäit in't Wäiertshius. Awer, Frau Amtmännske, sau gewiß as' ik Fastowend heite: ments en klein, half Schnäpsken, ments op äinen Tahn, keinen halwen Druappen mehr. Sai wäit jo wuall, Frau Amtmännske, ik sin sau'n nöchternen Menfken, as' en Kind van säß Wiäcken. Froget myine fäll'ge Frugge, sai kann't betuigen.

Sidonia. Fastabend, dann müßt Ihr mir erst

eine Leiter holen, die bis an's Himmelsfenster reicht. So aber verräth sie es nimmermehr, wie manchen Haarbeutel Ihr nach Hause gebracht; so lange sie lebte, habt Ihr Euch nie auf ihr Zeugniß berufen. Jetzt, da sie todt ist......

Fastabend (traurig). .... todt ist.... Joh, Frau Amtmännske, se is daut un weert iäre Liäwen nit wier lebändig. Oh, ik wöll wuall sau det schiere Blaut iut myinen twäi Augen gryinen! (Er lehnt den Kopf traurig an den Ofen.)

Sidonia. Ich gehe, Meister Fastabend! Denn wenn ich Euch länger das Wort halte, so wird's Abend, ehe der Ofen rein ist.

Fastabend (er klopft an die Röhre und fährt mit dem Krätzer hinein). Oh, blyiwe Sai ments, gnödige Frau Amtmännske! Düär Kuiern weert et myi lichter ümme 't Hiärte. Et is myi all jitzunders, no dün paar Woorden, sau fryi op der Buast, ase wann ik moren wierfriggen söll.

Sidonia. Fastabend! Ihr werdet doch wohl nicht?! Wiederfreien, sagt Ihr? und die Frau ist kaum drei Tage todt?

Fastabend (betheuernd). Wierfriggen, Frau Amt= männske? Ik wierfriggen? Näi, bat ik saggte, was ments Verglyik. Och Guatt, bai sau'ne gudde, laiwe Frugge hatt hiät, ase ik, bai denket an kein Wier= friggen nit. Ach, sai harr' mik sau laif! (weint). Näi, wann myi use Hiärrguatt nau sau mannich Johr te liäwen gäffte, as' ik Hoore oppem Koppe hewwe, näi, Frau Amtmännske, dat kann Sai myi gloiwen, ik friggede doch nicht wier. Näi, bai sau 'ne gudde Frugge hatt hiät, ase ik..... en Hiärte van Stäin un Kiserlink möcht' ik hewwen, wann ik ments met 'ner halwen Baukstawe an Wierfriggen dächte. (Er klopft und rutzt.) Fryilik, Frau Amtmännske, meint Sai nit auf? ik kriege nau ente met.

Sidonia. Alter Zaunstaken! also doch noch solche Gedanken?

Fastabend. Met Verloif, Frau Amtmännske! sau alt sin ik nau gar nit. Nigenunfustzig Johr, drei Monat un achtuntwintig Dage — en Mann jüstemänte op syinem Besten. Un hewm' en Huisken, un hewwe 'n Gooren, un hewwe 'n Schwyinken un 'ne Ziege; un drei Kläier un säs Himeder un en güllen Kruißken von myiner säll'gen Frugge, 'ne Kuttiun-Mantel nau derbyi. Nä, ik wöll nau wuall ent metfryigen.

Sidonia. Ich höre es wohl, Meister Fastabend! Wer so spricht, wie Ihr, der hat noch Nuppen. Aber so schnell eine gute Frau zu vergessen, das hätte ich nimmer für möglich gehalten. Die Frau kaum kalt, und Ihr schon wieder warm wie ein Backofen?

Fastabend. Näi, Frau Amtmännske! Sai verstott mik verkohrt. Nit, dat ik wierfriggen wöll! bewahre Guatt! Ik meine ments, wann ik wierfriggen wöll, dann wöll ik wuall nau ent metfryigen, bat sik wasken härr'. — Doch äistmol wier en Pryisken! — (er niest). Danke, danke, Frau Amtmännske!

Sidonia. Wofür? ich habe nicht Prosit gesagt.

Fastabend. Nit? Aber dann hiät Sai 't doch sau meint, Frau Amtmännske! dat wäit ik ganz gewiß. Bai sau befreundet is, ase ik un Sai, Frau Amtmännske, un äiner priustet... (er niest wieder).... dann denket de Andere: „Wünsche wohl zu bekommen!"

Sidonia (für sich). Das halte Einer aus, dies Geschwätz! Immer süß wie Honigseim und weich wie

Butter! Ich hab's nun satt und gehe hinab in die Küche. (Laut.) Adieu, Meister Fastabend! tummelt Euch, daß Ihr fertig werdet. Und faßt mir mit Euren schwarzen Händen die neue Glanztapete nicht an!

Fastabend (die Hände auf der Brust faltend). Sall mik use Hiärrguatt bewahren! Sai wäit jo wuall .... (es wird an die Thür geklopft).... Frau Amtmännske, et hiät bai ankloppet. Wellt Sai nit de Güte hew=wen un saihn mol iäwen noh? — (Sidonia öffnet.)

Ein junger Bursch (tritt herein). Gudden Muar=gen! kumm' if hyi recht?

Sidonia. Zu wem wollt Ihr denn, Freund?

Bursch. If woll no'm Heeren Standesbeam=ten un mellen mik un myin Menske an. De Heer Standesbeamte sall us twäi in dat Bauk schryiwen un koppeläiern us.

Sidonia. Ach so! ein Brautpaar!

Bursch. Joh, de Briut stäit unnen an der Trappen un schiämmet sik. Awer bo is de Heer Amt=mann un Standesbeamte? If sin hilig — if woll dün Nummedag nau'n Faier Holt iut dem Biärge halen.

Sidonia. Zimmer Nummer eins, gleich vorn an der Treppe. Und viel Glück dazu!

Bursch. Danke! Adjüs! (geht ab).

Fastabend (klopft einigemal an den Ofen, dann leise für sich). Ah sau! dai well friggen! sau! sau! — Jä, bai auk nau sau junk wör! Glücklike Luie!

Sidonia. Was brummt Ihr in den Bart, Meister Fastabend?

Fastabend. Nix, Frau Amtmännske, ase ments, dat de Uawe dütmol sau ganz iutermoten vull wör. Dai konn nit mehr briännen, et was keine Menschen=Müglichkeit mehr.

Sidonia. Meister Fastabend, wie werdet Ihr Euch denn nun, da Eure Frau todt ist, in Eurem Haushalt einrichten?

Fastabend (traurig). Jä, dat is et gerade, gnödige Frau Amtmännske, bat myi den ganzen Dag düär't Häiern spauket un myi den Ohm imme Halse versettet. Biu sall ik mik inrichten?! Jä jä! biu sall ik arme Keerel et niu maken?! Oh, Frau Amtmännske, myine gudden Dage sind derfüär denne, ik sin geschlagen un blyiwe geschlagen, bit dat use Hiärguatt kümmet un niemet mik (fromm) in syinen Himel. Füär mik is kein Traust mehr wassen. Wierfriggen?? Näi, myin Liäwen nit, un wann ik sau alt wörte ase — (er verbeugt sich andächtig) — ase de heilige Mathiusaläim. Ik hewwe 'ne gudde Frugge hatt — sau ente kryige ik nit wier, un wann ik met der Löchte det ganze Künigryik Pruißen assöchte. Alsau: wierfriggen — — niu un äinmol nit! Un bat ik segge — Sai wäit jo wuall, Frau Amtmännske — dat stäit sau faste ase de Kiärkenthauern.

Sidonia. Sehr löblich von Euch, Meister Fastabend! Ich sehe doch, Ihr habt Eure Frau lieb gehabt. So denken nicht alle Männer.

Fastabend (fromm). Näi, dat daut sai ok nit — ganz gewiß nit. Et git der wennige van myiner Oort un van myime Kurakter. Ik hewwe 'n Hiärte! jä, dat heww' ik. Ik hewwe Gefaihl! Dat kann nit jeder Menske van sik seggen. Doch, Sai kennt mik jo, Frau Amtmännske! ik briuke mik nit te prohlen.

Sidonia. Was denn nun weiter? wie werdet Ihr Euch einrichten?

Fastabend (nachdenklich). Jä, bat niu födder!!

In't Klauſter gohn, no den Abſelvanten??* — Et wör villichte det Beſte. Ik hemm' of all giſtern den ganzen Dag drüwer nohdacht.

Sidonia. Geſtern, wo Ihr vom Morgen bis zum Abend im Wirthshauſe waret?

Faſtabend. Met Verloif, Frau Amtmännſke! me kann ok imme Wäiertshiuſe fruamme Gedanken hewwen — ik tem wenigſten.

Sidonia. Alſo in's Kloſter?

Faſtabend (die Hände fromm auf der Bruſt). Joh, Frau Amtmännſke, ik gloiw' et: ik goh' in't Klauſter. Sai wäit jo wuall, ik hewwe ümmer diän fruammen, quattsförchtigen Sinn hat un ſin niu all ſier twintig Johren in der Männer-Sollitäit** un driäge byi der Proſſiaune (er verbeugt ſich) de heilige Joſephus-Fahne.

Sidonia. Alſo nächſtens heißt es: Pater Faſt-abend.

Faſtabend. Met Verloif, Frau Amtmännſke! „Frater", das iſt zu deutſch: „dienender Bruder". In myines Herzens Demuth well ik nit höchter rop. Un wann ik Profeß aflegge, dann well ik den hoch-würdigen Pater Guardian bitten, datte myi den Na-men (verbeugt ſich) vam heiligen Kirchenvater Ambroſius 'taulegget.

Sidonia. Alſo Frater Ambroſius?

Faſtabend (fromm). Joh, Frau Amtmännſke! ſau ſall't ſyin un ſau ſall't blyiwen. Un in myinen heiligen Tagzeiten ſin ik dann ümmer myiner gudden, ſälligen Frugge ingedenk — dat is jo det Beſte, bat ik nau füär ſe daun kann. Ach, myine Frugge! Ach, bat was dai gutt! Sai konnt et gar nit gloiwen,

---

* Obſervanten, ein Zweig des Franziskaner-Ordens.
** Sodalität.

Frau Amtmännske! Un wann sik twintig Schryiwers hennesätten un schriewen van Maidag bit Sente Merten, sai können myiner Fruggen Rauhm un Luafgesank nit dem Enne schryiwen un vullsoiern. Ach, myine säll'ge Frugge! (wischt sich die Augen). — (Es klopft — er fährt complimentös fort): Frau Amtmännske! et hiät gefälligst ankloppet. Wöllen Sai nit iäwen sau fryi syin un saihen mol no?

Sidonia. Vermuthlich wieder ein Brautpaar. Das wäre heute schon Nro. sieben, das sich auf mein Zimmer verläuft. (Es klopft wieder.) Herein!

Ein junger Herr (tritt ein). Gnädige Frau wollen entschuldigen — ich komme wohl verkehrt.

Sidonia. Sie wollten meinen Mann sprechen?

Junger Herr. Ja, den Herrn Standesbeamten. Ich möchte ihm meine Braut vorstellen und die nöthigen Schritte zu meiner Verheirathung vorbereiten.

Sidonia. Dann wollen der Herr sich gütigst nach Zimmer Nro. 1 bemühen, gleich vorn an der Treppe.

Herr. Danke schön! Bitte nochmals um Entschuldigung. Habe die Ehre, mich der gnädigen Frau gehorsamst zu empfehlen. (Ab.)

Sidonia. Adieu! (sieht zur Thür hinaus). Ein artiger Herr! Ei, und ein niedliches Bräutchen! Wirklich, ein allerliebstes Paar! (schließt die Thür wieder). Nun, Meister Fastabend! bald fertig? Mich dünkt, die Arbeit will Euch heute nicht recht von der Hand.

Fastabend. Ik meine doch, Frau Amtmännske! dat Ueäweken is ments gar te vull un verstopper. — Alsau, Frau Amtmännske.... entschuldigen Sai gefälligst, dat if de Froge stelle... alsau, düse Heer woll auf hirothen, un woll no'm Heer Amtmann?

Sidonia. Ja wohl, Meister Fastabend!

Fastabend. Alsau no'm Heer Amtmann. Un bat hiät hai dann byim Heer Amtmann te dauhn? — Awer, Frau Amtmännske, dauh' Sai myi diän Gefallen un glöiwen nit, ik härr' wat by diär Froge. 't is ments de pure Nyigier. Ik hewwe seggen hoort, un 't worte ok en Schryiwens van der Kanzel verliäsen, dat Hirothen härr' me jitzund ganz anders antefangen. As' ik myine säll'ge Frugge nahm, do briukede ik ments no'm hochwürdigen Heer Pastauer te gohn. Also niu no'm Heer Amtmann. Un bat dann?

Sidonia. Aber das kann Euch ja gar nicht interessiren, Meister Fastabend; Ihr wollt ja in's Kloster gehn.

Fastabend (fromm). Joh, Frau Amtmännske, no den Abselvanten. Doch niämme Sai myi de Froge nit fuär ungutt — ik hewwe der, wäit Guatt, nix byi imme Sinne. Aber me kennt doch geren de Gesetze, dat me dervan metkuiern un of altens jungen Luien Roth giwen kann. Ik selwer... o Heer, dat söll myi jo imme Draum nit infallen. Alsau byi'm Heer Amtmann — un bat dann do?

Sidonia. Nun ja, Braut und Bräutigam stellen sich ihm vor....

Fastabend. Briut un Bruime.... schoin!.... stellt sik dem Heer Amtmann fuär.... schoin.

Sidonia. Und geben ihre Papiere ab.

Fastabend. .... Papiere ab — — als tem Beyispiel?

Sidonia. Nun, zunächst den Taufschein.

Fastabend (nachdenklich). Daupeschyin... sau .... alsau doch ümmer nau'n Daupeschyin, ase in allen Tyien auf.... 'ne Daupeschyin, bo de Johrtahl un der Aller in te liäsen is? Ei, dat hädden dai Heerens doch auf afschaffen sollen! Sau'n altmoidigen Daupeschyin! — Un bat dann?

Sidonia. Dann einen Einwilligungsschein von den Eltern.

Fastabend (stutzig). ... von den Eltern. Awer bai keine Dellern mehr hiät....

Sidonia. Nun, dann nicht.

Fastabend (aufathmend). Ah sau! dann alsau nit. Dat wör alsau in myinem Falle nit schliem; denn ik sin en verstuarwen Kind.

Sidonia. Wie sagt Ihr, Fastabend?

Fastabend. Ments en Byispiel segg' ik, Frau Amtmännske, anders nix. Alsau: (an den Fingern zählend) äistens: Daupeschyin; tweddens: Inwilligungs-Schyin, oder ok nit. Un niu drüddens?

Sidonia. Un dann dürfen keine gesetzliche Ehehindernisse da sein.

Fastabend. Ehehindernisse? tem Byispiel?

Sidonia. Z. B. Bruder und Schwester, Vater und Tochter, Onkel und Nichte dürfen nicht unter einander heirathen.

Fastabend. Dat is vernünftig, dat slätt sik hören. Nä, wann ik tem Byispiel mol friggen wörte, ik wörte myi 'n ganz wildfrümed Menske niämmen.

Sidonia (mit dem Finger drohend). Meister Fastabend!

Fastabend. Alles ments en Byispiel, Frau Ammtännske! nix födder. Un dann?

Sidonia. Keiner von den Beiden darf anderweitig verlobt sein und die Ehe versprochen haben.

Fastabend. .... die Ehe versprochen haben. Alsau tem Byispiel ik — ik hewwe myiner säll'gen

Fruggen füär sau un sau viel Johren de Ehe verspruacken... söll dat niu nau schaden?

Sidonia. Nein, das nicht. Es handelt sich dabei bloß um lebendige Leute.

Fastabend. Ah, sau! Nä, dat is vernünftig! Alsau: dat wörte myi keinen Schaden dauhn?

Sidonia (drohend). Meister Fastabend!

Fastabend. Uemmer ments wier en Byispiel, Frau Amtmännske — anders nix. Awer me möchte dann ok wuall maken, dat me glyik met dem äisten Menske, bo me met te dauhn härr', no'm Amtmann feeme, un dröffte nit äist lange rümmefriggen un dür un düser wat wyis maken un seggen: „ik frigge dik". Dat könn dann aisk weeren.

Sidonia. Gewiß, Meister Fastabend! Aber dafür werden die Namen der beiden jungen Leute....

Fastabend. .... jungen Leute.... ik tem Byispiel höre auf nau byi de jungen.

Sidonia (drohend). Fastabend, Fastabend!

Fastabend. Nix ase Byispiel. Alsau.... werden die Namen der beiden jungen Leute....

Sidonia. .... in dem Gitterkasten am Rathhause öffentlich ausgehängt, und wer dann Einsprache thun will.....

Fastabend. Ah sau!.... Innsperrunge dauhn well, dai.....

Sidonia. .... nun, der mag's thun.

Fastabend. Aber bat dann?

Sidonia. Das wird sich dann schon finden. Da wird mein Mann das Weitere schon veranlassen.

Fastabend. Alsau: do wörte ik den Heer Amtmann födder suargen loten.

Sidonia. Nicht so. Dann würde mein Mann sagen: Meister Fastabend, es hat sich ein Haar in der

Butter gefunden; Ihr könnt Euer Lottchen oder Kathrine oder Marieliese vorläufig nicht bekommen.

Fastabend (verwundert). Frau Amtmännske!

Sidonia. Auch nichts, als ein Beispiel, Meister Fastabend. Aber wenn nichts dergleichen vorliegt und alles in Richtigkeit ist.....

Fastabend. ..... in Richtigkeit is... dann....

Sidonia. ..:.. nun, dann kommt Ihr an dem bestimmten Tage mit Eurem Lottchen wieder zu meinem Manne.

Fastabend. Met Verloif, Frau Amtmännske! Awer bai hiät iär verrohn, dat myine Hiärtallerlaißte Lottchen hett?

Sidonia. Nur ein Beispiel, Fastabend. Also: Ihr kommt dann wieder zu meinem Manne und erklärt, daß Ihr die Kathrine oder Lottchen So und So zur Frau nehmt, und die Kathrine erklärt, daß sie den Maurermeister und Ofensetzer Philippus Fastabend zum Manne nimmt.

Fastabend. .... zum Manne nimmt .... schoin, wunderschoin! Un dann?

Sidonia. Nun, dann seid Ihr beiden Mann und Frau, und kriegt's von meinem Mann bescheinigt.

Fastabend. Un dai Schyin kostet....?

Sidonia. .... kostet nichts, höchstens 5 Sgr. Schreibgebühr.

Fastabend (reibt sich vergnügt die Hände). Oh, dat is scharmante! ment fyif Groschen, ne allen Drüttainer! Myine fäll'ge Frugge hiät mik drei Dahler kostet, un dreiuntwintig Groschen füär'n Köster. Nä, dat is scharmante! do kamme lichte tau'r Frugge kummen. Un ... bat if nau frogen woll .... en Briut-Examen üwer düt un dat iut dem Katechismus is niu nit mehr nöidig?

Sidonia. Mein Mann nimmt Euch keinerlei
Examen ab.

Fastabend. Scharmante, scharmante! Oh, de
Welt weert ümmer vernünftiger. Bat hiät mik uſe
ſäll'ge Paſtauer piltert, bat hiät hai mik kniepen met
ſynen Frogen! Ik ſin de Dümmeſte nit, ganz gewiß
nit.... awer hai hiät myi byi diäm läidigen Briut=
examen den kallen Schwäit op de Bleſſe driewen. —
Oh bat is dat gutt! kein Briut=Examen mehr. Myi
is hulpen.

Sidonia (drohend). Meiſter Faſtabend, Meiſter
Faſtabend! Ihr wollt ja in's Kloſter gehn.

Fastabend (fromm). Schoin, Frau Amtmännske,
dat Sai 't behallen hiät! Joh, no'n Abſelvanten. —
Alſau: dann ſint dai beiden ferrig un hett ſik — un
byi'm Paſtauer is niu födder nix te dauhn? Oh, dat
is ſcharmante!

Sidonia. Oho, Meiſter Faſtabend! wer ein
guter Chriſt ſein will und, wie Ihr, die Frömmnig=
keit ſitzen hat inwendig und auswendig, der geht
nach wie vor zum Pfarrer und läßt ſich kirchlich ko=
puliren.

Fastabend (nachdenklich). Doch wier no'm Pa=
ſtauer? — Oh, dat is aisk! Un dann ſieker wier
nau'n Briutexamen.... ei! ei! ei! ei! dat is aisk!....
Dann well ik myi dat Dinges doch äiſt nau mol
üwerleggen un twiälf Stunden derüwer ſchlopen....
Frau Amtmännske! ſaihn Se: ik ſin ferrig, kein
Schmützken is mehr imme Uawen, nit ſau viel, dat
me aſe Pryisken in de Naſe ſtiäcken könn. Ments
byi nau'n wennig Läimen henneschmiären — niu
doh nau — un en wennig Yiſerfarwe drüwer —
ſau, niu is alles in Ordnunge, un ik kaffäiere der
gnödigen Frau Amtmännske, dat Ueaweken ſall

2*

briännen ase Gift un schnurren as' en Spaulrad. (Er packt seine Sachen zusammen und nimmt die Mulde auf den Nacken.) Dann niu Adjüs, Frau Amtmännske! bis nächstens! un blyiwe Sai gesund met dem gnödigen Heer Amtmann derbyi, un de laiwen Kinnerkens alltehaupe! Un danke füär de angenehme Unterhaltunge.

Sidonia. Ich gleichfalls, Meister Fastabend! Doch hier, Eure Bezahlung! (Reicht ihm das Geld.) Aber tragt's nicht, wie gestern, in's Wirthshaus. Die Leute verdenken's Euch sonst. Bedenkt, daß Ihr erst vorgestern Eure Frau begraben!

Fastabend (traurig). Ach näi, Frau Amtmännske! in't Waiertshius! Do söll mik Guatt füär bewahren! Näi, ik goh häime un sette mik innen Stauhl un gryine myine hellen Thrönen ümme myine säll'ge Frugge. Ach, myine laiwe, säll'ge Frugge! — Un wiersriggen? Oh, myiner Lebstage nit, sau gewiß nit, as' ik Phyilipp Fastowend haite! Un moren gohe ik no'n Abselvanten un frage no'm Poter Guardian. (Im gleichen traurigen Ton.) Adjüs, gnödige Frau Amtmännske, un gudden Awetyit taum Middage, taum Kaffäi un taum Nachtmes; un 'ne schoine sanftschlopende Nacht im fiäriut! Adjüs! (Im Abgehen traurig.) Oh, myine säll'ge Frugge! Mester Fastowend lachet syin Liäwen nit mehr. (Ab.)

Sidonia (allein). Dieser Complimentenmacher! Sollt sehn: wenn er Eine kriegen kann, die ihn nimmt, diesen alten Stengel, so heirathet er in sechs Wochen wieder. Wir wollen's abwarten.

(Vorhang fällt.)

Zweite Scene.

Stübchen des Meister Fastabend. Er selbst ist beschäftigt, dasselbe zu weißen.

  Fastabend (eine Pause in der Arbeit machend). Et is tworens keine Johrtyit dernoh; midden imme kallen Winter wittelt me süs keine Stuawe. Un ase dün Muargen de Nower Stiutenbäcker ter Düähr rin käik un soh, dat ik an te stryiken senk, do senk hai an te schroßen un meinte, of ik met dem Wittelquast myine säll'ge Frugge jagen wöll. Vat woll hai domet seggen? un bat gäit dat iänne an, of ik te Lechtmisse myine Stuawe in Stand sette oder te Johannsdag? Ik segge dat: myin Stüäweken un myin ganze Hius sall propper syin, awetyitlik syin; jeder Mensfe, dai no myi kümmet, et syi Mann oder Frau, Junge oder Miäcken, sall seggen: „Mester Fastowend hiät syine Sake ackroot un syin Huisken is as' en Schmuckkästken." Un me kann jo all nit wieten, bai do kummen kann. (Er streicht weiter.) Van Dage kryige ik met Guaddes Hülpe de Stuawe, de Kamer un de Küke in Ordnung, un kann ok nau den Ziegenstall grain farwen, un op de Stalldüähr mole ik 'ne Hittebock van Yiserfarwe — dat weert sik schoine maken! — un dann moren stryike ik det ganze Hius van biuten an, ik denke, met giällem Oker. Un de Fenster ... na, biu stryike ik dai dann wuall an? .... et mott en bitken afstiäcken .... na, ik denke, 'ne Backstein-Farwe. Un kurzum: dat ganze Hius un myine ganze Begebenheit sall jedem inten Augen löchten, dai de Strote raf oder runner kümmet. Un keeme villichte bo en nett junk Miäckſken, myintwiägen of 'ne junge Witfrugge des Wiäges, ſai ſall ſtohn blyiwen un ſetten de Hänne in de Syit un frogen: „biämme hört dat ſcharmante Huisken?"

Engelbert Schmidt (mit langer Pfeife, tritt ein). Gudden Muargen, Nober Faſtowend!

Faſtabend. Schoinen Gudden Muargen, Heer Schmidt.

Engelbert. Sau flyitig, Meſter?

Faſtabend. Sau'n bitken, Heer Schmidt, ſau'n bitken. Bitte, ſetten Sai ſik! Bomett kann ick Sai dann dainen?

Engelbert. Jk woll ug ments iäwen ſeggen, dat yi 'ne rechten Füſker ſyid.

Faſtabend. O Heer hintau! dat hiät jo nau kein Menſke van myi ſaggt, ſelwer de gnödige Frau Amtmännske nit.

Engelbert. Dann ſegg' ik et ug, un't is Iyit, dat et ug ſaggt weert. Het myi do de Pannen oppem Dake iutſchmiärt un ſäggten, niu riänt 'et myi in ſäß Johren nit wier op de Fläiskbühne, un van Muargen ſchwemmet myine laiwen Schinken un Mettwüäſte imme Water, aſe wann ſe midden imme Rhyine läggten. Hewm' yi dann ganz den Kopp verluaren!

Faſtabend (traurig). Joh, Heer Schmidt, aſe Sai ſegget: ganz den Kopp verluaren. Ach, Sai kennt jo myin Elend, Sai ſind jo ſelwer met no'm Kiärkhuawe folget .... ik danke naumols füär dai Ehre ... un aſe myine gudde, laiwe Frugge tauhacket woorte, do ... (er wiſcht ſich die Augen) ... do is de Meſter Faſtowend, de ganze Meſter Faſtowend met inhacket woren; un bat hyi op Eeren nau rümmespauket, dat is ments syin Schatten, nix ase syin Schatten.

Engelbert. No, no, Mester Phyilipp! ganz sau arg weert et doch nit syin. Un sauviel hemm' if wuall saihn: 'ne allen Münsterländer in Krammels Johannes syime Ladenstüäweken schmecket ug all wier recht gutt.

Fastabend. Ach, Heer Schmidt! Vertwyiselunge, nix ase Vertwyiselunge! Un höggestens 'ne Fingerhaut vull, näi, nit sauviel as' en Quilink iut der Renne suipet. Näi, met Mester Fastowend un syiner ganzen Freude op düser Eere is et tem Enne. Myine Frugge is daut, un if sin sau gutt ase daut un weere myiner Lebstage nit wier lebändig (wischt sich die Augen).

Engelbert. Eh! if meine, yi hädden't niu äist recht gutt op Eeren. Keine Frugge ärgert ug mehr . . . . .

Fastabend (seufzend). Och Guatt! bat wöll if mik geren ärgern loten!

Engelbert. . . . . un dai alle Maricke-Thryine, dai ug jitzunders Hius hället, suarget jo ganz örntlik füär ug.

Fastabend (seufzt). . . . . suarget füär mik . . . . jo wuall, suarget füär mik! Jo wuall! wann if Muargens opstoh, myin Sikurgen-Water stäit op dem Diske. Niu, Mester Fastowend, sett dik derbyi un wünske dyi selwer gudden Awetyit dertau. Un kein Menske segget: „Phyilipp, sett nau mol op! drink nau ent!" — Un wann if Middages iut der Aarbet kumme, jo wuall, myine droigen Tüffelkes statt do . . . . of der Salt inne is oder nit, bai fröget donoh? Un wann if Owends häimekumme, jo wuall, myin Napp met Siupen stäit do; awer bai dött myi Geſellſkopp derbyi? De Katte, ſüs kein Menſke. Un wann' ik dann maie in myime Staule ſitte un well mik iutreſten: bai trecket myi de Stiweln iut un brenget myi de Schluffen füär den Staul? Bai dött dat? Phyilipp, wann diu Schluffen hewwen weſt, hal ſe dyi ſelwer! Un wann ik mol unpaß ſin un hauſte un kröche, bai fröget dernoh? bai bedurt mik? bai ſiet: „Phyilipp, ik well dyi 'n Schölken Thäi kuacken"? Kein Menſke, kein Menſke. Oh, ik ſin 'ne geſchlagenen Kerel! (wiſcht ſich die Augen).

Engelbert. Awer Maricke-Thryine-is doch dötig un gutt un ehrlik, hat me nau lange nit van allen Luien ſeggen kann.

Faſtabend (ſeufzend und losfahrend). .... gutt un ehrlik .... jo wuall, gutt un ehrlik! dat hett: ik kann nit no der Polizei gohn un ſeggen: „iät hiät ſtuallen; ſchmyiter't in't Luack!" Gutt un ehrlik — jo wuall! Myin ganze Hius was vull, in allen Ecken ſtak de Ryikdum — 't is lieg. Myiner ſäll'gen Fruggen iäre nigge Kattiun-Mantel — drei Dahler harre koſtet — jä, bo iſſe? iäre ſchoine Kapuze van ſchwartem Schamäſter, met gemachten Blaumen drop, aſe me in der Kiärke oppet Altor ſettet, bo iſſe? iäre fuierraue Schüärte, iäre Spänzer, iäre ſtödigen Hime-der met hämpenen Moggen un fleſſen Kragen — bo ſind ſe? Uſe Hiärrguatt ſall't wieten, ik wäier't nit. Dai ſchoinen, giällen Gardyinkes füär'm Fenſter — wiäg ſind ſe; det Käſtken met Stoppegoren, (immer eifriger ſprechend) dai graute Braiſ met Spindeln un Noteln, dai nigge Haugopp-Kamm, twäi Döckskes Syide, ſäß Bind Tweeren, un düt un dat un nau ſauviel — wiäg, wiäg, alles wiäg, alles taum Duiwel. Un bo is't bliewen? bai hiärr't ſtuallen? Dat ſegg' ik nit, ik well mik wuall wahren! Dat ſöll de Duiker harre seggen! O Heer Nower, o Heer Nachbar, if segge Sai: byi Schoiten vull weert et myi wiägedruagen, byi Schoiten vull! Wann dat sau furtgäit, dann kann if antleste nafnig un mettem witten Stocke dervanlaupen. O Herr Nower, et kann und kann nit mehr sau gohn — et mott anders weeren, süs springe if van der Brügge in't Water. Laiwe Heer Schmidt, wiet' yi myi keinen Roth? Ich well ug beide Hänne derfüär küssen!

Engelbert. No, Mester Fastowend! wann dat sau schliem is, as'yi seget, dänn jaget düt Däier furt un maiet ug en andert!

Fastabend (kopfschüttelnd). Sau! den äinen Duiwel wiägjagen un siewen Duiwel derfüär wierkryigen! Ach, Heer Schmidt, dat Volk daug tehaupe nit — frümede Luie sind frümede Luie.

Engelbert. Jä, dann well ug mol wat seggen, Nower Fastowend, un if well et ug in't Ohr seggen . . . . .

Fastabend (neugierig). Heer Nachbar, battan?

Engelbert. Springet van der Brügge in't Water!

Fastabend (fromm). Ach, Heer Schmidt, dat passet sik doch nit füär sau'n fruammen Mann, as' if sin.

Engelbert. Na, dann wäit it ug nix anders, ase yi mottet in diän suren Appel inbyiten un . . . . wierfriggen.

Fastabend (schmeichelnd). O Heer Schmidt, wann Sai et nit säggten — awer Sai sind 'ne vernünftigen Mann!

Engelbert (für sich). Dat Aeppelken schmecket iämme saite, hai bitt derop an. Et blyiwet wohr: bai geeren danzet, diäm is lichte pyipen. — (laut) — 'ne biättern Roth wäit if ug nit, süs gäfft' if 'ne hiär. 't is bitter, af' if saggte, et is 'n suren Appel, awer ....

Fastabend. Alsau ... if söll wierfriggen, meint Sai? (Traurig.) Ach, Heer Schmidt, if hewwe 'ne gudde Frugge hatt!

Engelbert. Awer yi het se nit mehr.

Fastabend (pfiffig). Do segget Sai en wohr Woort, Heer Schmidt! Do stieket Verstand inne. If hewwe se nit mehr — dat lätt sif hören. Alsau wierfriggen, meint Sai? un söll myi 'ne andre Frugge niämmen? heww' if Sai recht verstohn?

Engelbert. Jä wuall, sau is myine Meinung. Dann hört uge Elend op äinmol op. Dann weert ug Muargens taum Kaffäi wier Gudden Awetyit saggt, det drübde un väierde Schölfen opnoidigt, Middages an de Tuffeln gehörig Salt dohn un of en Stücksfen Fläiß derbyi fuaket, des Owends byim Siupen Gesellsfopp dohn, de Stieweln iuttrocken, de Schluffen süär'n Staul bracht, villichte saugar äist byim Uawen wiärmet, Flierenthäi fuaket, wann yi haustet, un ug kein Klüggen Stoppegoren, kein Döcksfen Syide, kein Bind Tweeren mehr stuallen.

Fastabend (Beifall nickend). Viel Verstand in iärem Woorde, Heer Schmidt, viel Verstand!

Engelbert. Un dann weert ug, wann't kalt is, 'ne häiten Kraus in't Bedde laggt un 'ne Nachtsmüse oppen Kopp satt — un alle Sundag heww' yi uge reine Himed, uge frissen Huasen oppem Staule liegen, uge Schauh sind schmiärt oder wichset — kurzum, yi het en Liäwen ase use Hiärrguatt im Himel.

Fastabend. Uemmer nau mehr Verstand in

iärem Woorde, Heer Schmidt, ümmer nau mehr Verstand! Ach, bat sind Sai 'ne Mann!!

Engelbert. Un Soterdag Nummedag goh' yi beiden tehaupe nom Goren un plücket Byiksbauhnen un packet beide annen Kuarf — un Sundag Nummedag niämm' yi uge Lottchen an'n Aarm un gott no'm Büärgergoren un drinket uge Gliäsken Bäier, un iät drinket syi 'ne saiten Kirß — un wann Kiärmisse un Schüttengeloog is, dann danz' yi tehaupe un springet sau hauge ase de Hahn oppem Kiärkenthauern. Mester Fastowend, bat segg' yi dotau?

Fastabend. Mein liebster Heer Schmidt! liuter Verstand, un nix ase Verstand! Oh, Sai sind de verständigste Mann imme ganzen Amte! Ik kenne viele Luie un putze mannigen Uawen, awer 'ne gescheidteren Mann, ase Sai sind, hewm' ik myin Liäwen nit saihn.

Engelbert (für sich). Bat dai alle Stengel gnäiset! (Laut) Na, alsau myin Roth wör wuall gutt?

Fastabend. Herr Schmidt, ik segge nix, awer ik küsse iänne beide Hänne, as' ik verspruacken hewwe (küßt ihm mit vielem Gestus die Hände).

Engelbert. Alsau, Mester Fastowend, et weert gefrigget?

Fastabend (nachdenklich). .... ik wäit nit ....

Engelbert. Oder yi springet van der Brügge in't Water?

Fastabend. Näi, in't Water nit.

Engelbert. Oder gott in't Klauster?

Fastabend. Näi, no'n Abselvanten nit.

Engelbert. Oder södder met frümeden Luien Hius gehallen?

Fastabend. Näi, dai Wirthschaft sall ophören.

Engelbert. No dann? riut met der Sproke! Et weert gefrigget?

Fastabend. Na, wann't dann abs'liut saggt mott weeren, dann gutt: et weert gefrigget. Awer wann Sai meint, Heer Schmidt, ik döh' et van wiägen der Frauluie .....

Engelbert. Nä, bewahre, van wiägen der Mannsluie, van wiägen ug selwer.

Fastabend. Ganz recht, Heer Schmidt, ments van wiägen der Mannsluie, un ..... (die Hände auf der Brust faltend) ... tau'r höggesten Ehre Guaddes!

Engelbert. Dann niu „des zweiten Buches anderes Hauptstück". Alles glyik praktisch! Taum Friggen hört der twäie. Nummer äin is do — bo krhige vyi Nummer twäi hiär?

Fastabend (nachdenklich). Jä, jä! Nummer twäi!

Engelbert. Kenn' hi villichte use Küfenmaged?

Fastabend. Och Guatt, söll ik Lottchen nit kennen? Ik hewwe iär jo nau düser Dage, bo ik iänne de Pannen oppem Dake iutschmiärte, 'ne fröntliken Gudden Muargen inter Küke rin raupen. En scharmant Menske!

Engelbert. Ik kann ug seggen, Mester Fastowend, use Lottchen hiät en gutt Auge op ug schmieten. All diusendmol hiät se mik froget: „söll dai gudde, schoine Phyilipp Fastowend nit wierfriggen wellen?" Un gistern Owend in der Diemerstunde, do saat sai in der Küfe un was inschlopen un saggte harre imme Draume: „Phyilipp is myin Liäwen, Phyilipp is myin Schatz! Phyilipp, ik hewwe dik laif van Hiärten!" — Denket ug: imme Draume!

Fastabend (gerührt). Oh, Lottchen is det beste Kind op diusend Stunde Wiäges. Un bat Sai do vertellt, dat is myi örntlik rührend. Alsau imme

Draume! Un de Luie segget: bo me Dags viel an denket, do droimet me van. — Heer Schmidt, un niu well if iänne auf mol wat vertellen: if hewwe van Nachte auk droimet — un bovan? van Lottchen. Un bat hewm' if dervan droimet? Denket ug: iät nahm mik innen Aarm un gaffte myi'n Kuß.

Engelbert (sich erstaunt stellend). Et nahm ug innen Aarm un gaffte ug 'n Kuß?! Segget myi äint, Mester Fastowend: bannehr hewm' yi dat droimet? füär'm äisten Hahnenschrigg, oder dernoh?

Fastabend. If gloiwe, dernoh; denn et woorte all krimmelig amme Hiäwen, un balle dernoh lutte de Köster in der Spitol-Kiärke (faltet die Hände) den heiligen Engel des Heeren.

Engelbert. O, dat is wichtig, sehr wichtig! „Traum in der Morgenstund' hat felsenfesten Grund."

Fastabend (zustimmend). Sau segget de Luie.

Engelbert. O, dat is wichtig! Un glyik dernoh lutte de Köster tau'm Angelus? O, dat is en Täiken vam Himel! Et is imme Himel beschluatten, dat yi use Lottchen friggen sollt. Mein' yi nit auf?

Fastabend (fromm). Joh, if mein' et auf.

Engelbert. Un Ehen, dai imme Himel schluatten weert — wiet' yi — dai sind glücklich.

Fastabend (fromm). Amen! es geschehe!

Engelbert. Niu well if ug wat seggen, Mester Fastowend! niu nit gesuimet! Use Hiärrguatt könn sik süs wier anders bedenken.

Fastabend. Do het Sai Recht, Heer Schmidt! wahne Recht!

Engelbert. Alsau, nit gesuimet, näi, glyik hennegesatt un 'ne Braif an Lottchen geschriewen!

Fastabend (nachdenklich). 'ne Braif, meint Sai?

Engelbert. Nu joh! yi konnt jo doch schryiwen?

Fastabend. Jo wuall kann ik schryiwen — ments if dau 'et nit geeren. Laiwer wör et myi, wann Lottchen myi schriewe.

Engelbert (bei Seite). Hai sall 'ne Braif hewwen, met 'm Siegel deropp, un de Postbuah sall 'ne iämme selber brengen. (Laut.) Alsau, yi hädden geeren 'ne Braif van Lottchen? Ik well ug wat seggen: wann Lottchen dün Owend wier in der Küke sittet un van ug droimet, dann weck' ik et un segge, iät soll diän Draum nit ments sau füär sik nuseln, näi, et söll 'ne te Papiere setten un schryiwen derüwer: „Liebster Philipp!"

Fastabend (lächelnd). Joh, „liebster Philipp!"

Engelbert. Un iät söll den Braif tausigeln un schmyiten 'ne innen Kasten.

Fastabend (nachdenklich). Dann krieg' ik 'ne awer füär moren nit?

Engelbert. Jä, dosüär kann ik niu nix. Un ik meine, moren wör' froih genaug. Saiht, van Dage kann ik in der Sake nix daun, ik mott üwer Land un kumme füär van Owend nit häime, dat ik met Lottchen drüwer kuiern kann. (Leise für sich.) Ich briufe nit üwer Land, un synen Braif sall hai in 'ner halwen Stunde hewwen. (Laut.) Diärümme het Geduld, Mester Fastowend! Dai Sake sall sik wuall maken. In vertain Dagen sin yi met Lottchen verspruacken, un drei Wiäcken dernoh, op Fastowends Dienstag, op ugen Namenstag, den lesten Dag füär der Faste, is Hochtyit. Awer, dat segg' ik ug: dat yi mik inlatt!

Fastabend (schmeichelnd). Ganz gewiß, Heer Schmidt! Sai sollt Briutführer weeren.

Engelbert. Schoin, schoin! Awer niu adjüs,

Mester Fastowend! if mott gohn, un draff ug nit lenger an uger Aarbet stoiern. Niämmer't myi nit üwel, dat myin Diskurs sau lank woren is.

Fastabend. Uewel niämmen, Heer Schmidt? Nä, bit Austern härr' if iänne geren tauhoort. — Un wöllen Sai myi wuall äine Gefälligkeit dauhn?

Engelbert. Geren, wann if et kann.

Fastabend (freundlich lächelnd). Joh, Sai konnt et: gruißen Sai myi Lottchen!

Engelbert. Geren, un diusendmol, awer äist van Owend; eger kumm' if nit häime. Un yi, vergiättet myi nit, dai Pannen üwer myiner Fläißbühne wier intesetten un waterdicht iutteschmiären.

Fastabend. Gewiß, gewiß! glyik no Middag well if et dauhn. Un byi diär Geliägenheit kyike if mol ter Küke rin un wenke Lottchen 'ne schoinen Gudden Dag tau.

Engelbert. Ganz recht, Mester Fastowend! doch niu Adjüs!

Fastabend (schmeichelnd). Schoinen Adjüs, Heer Schmidt! myinen Dank füär den angenehmen Besuch. Un Sai sollt Briutführer syin.

Engelbert. Dat huapp' if. Adjüs! (Geht ab.)

Fastabend (allein). Et is 'ne verständigen Mann, düse laiwe Heer Engelbert Schmidt. De Luie segget tworens, et wör' en Liegstrieper un usem Hiärguatt syin Garnix — me hett 'ne Commissionär — bat dat is, wäit if selwer sau recht nit — awer if segge ümmer: „Luie, segg' if, bai ryike genaug is, brümme soll dai aarbeggen?" Näi, 'ne vernünftigen Mann! et is 'n örntliken Traust, met iämme te kuiern. — Wunderbar! jo, mehr ase wunderbar, dat hai myi rätt, grade as' if myi wünsket harr — dat hai grade op Lottchen verfallen is! Auf wier en

Däiken vam Himmel! Lottchen gesell myi all, bo myine säll'ge Frugge nau liäwede. Un in diäm selftigen Augenblick, ase myine Frugge de Augen taudoh, wunderbar! do dacht' ik an Lottchen. Un as' ik ächter'm Sarke no'm Kiärkhuaf genk, wunderbar! do genk myi op äinmol sau'n Blitz duär'n Kopp: „Phyilipp, wann diu wierfriggen söst, dann niemeste Lottchen." Ik hewwe tworens grienen — gewiß hemm' ik grienen ... jede gudde Maude mott me metmaken. Awer knyipen un drücken metten Augen mocht' ik doch, süs wör kein Water kummen. Denn myine Frugge — Guatt hewwe sai sällig! — sai was de Beste nau lange nit. Bat konn sai enne üwer de Nase hoggen! bat konn sai priäcken, wann ik mol en Verrelstünneken lenger byi Krammels Johannes säten un en half Schnäpsken üwer de Mote drunken hadde. Un bat harr' sai 'ne durawele Handschrift! do kräig me blohe Stryipen van oppen Puckel. Nä, sau gutt ase sai was, iäre Undugenden harr' sai auk. Doch Lottchen? — (vergnügt) näi, do is keine Makel an. En Gemaithe, sau saite ase Schwättsken! ümmer sau sanfte, sau dußemänte, ase Styde un Schamäster! Un 'ne Posentur, ase 'ne Prinzässinne! un en Gesichtken, ase Maidag, un Digelkes, ase twäi Löchter oppem Altor. Vivat, myin Lottchen! et sall liäwen hauge! un naumol hauge! un taum drüddenmol hauge! (Er nimmt sein Geschirr wieder zur Hand und fährt fort zu weißen.) Jeder Strick, diän ik niu dauhe, is füär myin Lottchen. De Stuawe sall weeren as' en Paradyis — füär Lottchen; de Kamer as' en Blaumengoren — füär Lottchen; de Küke as' en Rausendahl — füär Lottchen. Un van biuten sall det Hius iutsaihn as' en Schluatt; de finnesten Farwen, dai ik hewwe, well ik mengen un miſſen, Oker, Lackmus, Yiſerfarwe un Backſtäin. Wann ik dann van Dage üwer ſyif Wiäcken met Lottchen imme Fenſter legge — o, dat ſall ſik preſentirlik maken, un de Luie ſollt op der Strote ſtohn blyiwen un wünnern ſik üwer't ſchoine Hius un üwer dat ſchoine Paar, dat imme Fenſter legget. Diärümme, flyitig, Phhilipp! flyitig, flyitig! Alles füär Lottchen.

Briefträger (tritt auf). Guten Morgen! Wohnt hier der Herr Maurer Philipp Faſtabend Wohlgeboren?

Faſtabend. Gudden Muargen! Joh, dai wuhnt hyi.

Briefträger. Sind Sie es vielleicht ſelber?

Faſtabend. Joh, ik ſin et ſelwer.

Briefträger. Ein Brief für Sie.

Faſtabend. En Braif füär mik? Dat is 't aiſtemol in myime Liäwen. Van biämme iſſe dann?

Briefträger. Weiß nicht.

Faſtabend. Un koſtet?

Briefträger. .... iſt franco. Adieu. (Geht ab.)

Faſtabend (den Brief in der Hand). Alſau 'ne Braif! Van biämme mag dann dai wuall ſyin? Säſtig Johr' alt woren, un nau keinmol 'ne Braif kriegen. Un raut Papier — ſchoin! Un det Sigel deropp en Hiärte met enner Flamme — ſchoin! Bat mag do wuall inne ſtohn? — Bai 'ne niu ſaufoortens liäſen könn! Gedruckt liäſe ik aſe Water, awer Geſchriewenes mäket myi Laſt. Ik ſin keiner van den Schriftgelehrten, dai den lieben Heiland in der Rede fangen wollen. — Aeiſtmol myinen Brill hiär! — Niu kannt. luasgohn (lieſet ſtammelnd).

„Mein herzallerliebſter Schatz!"

Der Diuſend! dat lutt jo famos! (Lieſt weiter.) „Dem

Drange meines Herzens folgend, ergreife ich die Feder und thue Dir kund und zu wissen, daß ich ohne Dich nicht leben kann und Dir Hand und Herz zu Füßen lege. O Du, bei Tag mein Gedanke, bei Nacht mein Traum! Deine treuen Augen haben es mir angethan; Dein freundlicher Guter Morgen, den Du mir in meine Küche hereingewinkt, hat mich bezaubert. Aber mehr als die Schönheit Deines Angesichts und der süße Klang Deines Wortes, ist es Deine schöne Seele, Deine Tugend, Deine Frömmigkeit, was mein Herz bezwungen und Dir meine Liebe für ewig erworben hat. Befiehl nur, so bin ich in drei Wochen Deine anvermählte Gattin. Mein Herz sagt es mir: wir werden glücklich zusammen leben. Meine eigenen Tugenden will ich nicht rühmen, denn das paßt sich für eine bescheidene Jungfrau nicht, und Du selbst kennst mich ja genau, und zum Ueberfluß magst Du Dich bei meiner Herrschaft erkundigen, bei der ich nun siebenzehn Jahre und drittehalb Monat in Dienst bin, so wirst Du nur Gutes von mir hören. Nebenbei will ich bemerken, daß ich auch 107 Thlr. von meinem Lohne in der Sparkasse liegen habe, also eine gute Parthie bin. Wenn mein offenes Liebesgeständniß Dir zu Herzen gegangen ist, so zeige dies gleich Morgen, wo Sonntag ist, und stell' Dich Nachmittags punkt zwei Uhr bei mir in meiner Küche ein; dann schläft unser alter Herr, unsere Madame ist in der Spitalkirche zur Vesper, und der junge Herr ist draußen im Kaffeehause und spielt Scat. In Erwartung dieser glücklichen Stunde grüßt und küßt Dich

Deine bis in den Tod getreue

L. R.

Dat is 'ne Braif! det Water springet mwi in

de Augen für Rührunge! Oh, bat 'ne gudde, laiwe Säile! Un biu schoine sind alle Woorde satt! „Dem Drange meines Herzens folgend" — scharmante! — „ohne Dich nicht leben kann", — „Hand und Herz zu Füßen lege" — rührend, rührend! — „Deine treuen Augen" — „die Schönheit Deines Angesichtes" — o, bat 'n fyinen Geschmack! Ich mott doch mol in myin kleine Putze=Spaigelken kyiken — nit iut Eitelkeit, nä, ments ümme der laiwen Wohrheit wiägen. (Er langt einen kleinen Spiegel aus dem Schranke und besieht sich.) Joh, treue Augen — 't is wohr — un schönes Angesicht! Myin Boort tworens is en wenig lank, 't is Soterdag, awer moren putze ik mik, un dann sin ik würklik 'ne netten Menschen! Uemmer nau schoine Roisekes oppen Backen! Ik stiäke dai jungen Friggers nau tehaupe innen Sack. — Doch de Hauptsake is iär myine schoine Säile, myine Dugend un Früämmigkeit. Oh, sai hiät mik gewiß byi der Prossiaune saihn, bo ik sau mächtig singe, dat sik alles ümmekyiket. Et blitt wohr: Früämmigkeit is tau allen Dingen nütze, selwer taum Friggen. — Un dann niu dai gudden Eigenschaften, dai dat gudde Kind selwer hiät, un dai et füär liuter Beschäidenheit ments sau iäwen van feeringes betäiknet. Un dai 107 Thlr. in der Sparkasse! Fastowend, bat sollt byi dai guttdauhn! Kurzum: dat laiwe Kind is en Engel! Un moren Middag ümme twäi sall ik kummen — — joh, Kind, verlot' dik drop: ik kumme — un faste well ik dik innen Aarm niämmen un byi 'n sait Schnuitken giewen. Un wann ik wier häimegoh, juchhei! dann sin ik verluawet, un drei Wiäcken dernoh is Hochtyit! — Oh, düt is de glücklichste Dag in myime Liäwen, un van Muargen heww' ik 'ne gudden Guatt anbiätt! (Er stößt sein

Handwerksgeschirr mit dem Fuße bei Seite.) Van Dage dau' ik keinen Striek, keinen Handtast mehr — düse Dag sall en Fierdag syin, jo, de fyifte Väierhochtyitsdag! Jk well mit wasken un sundagisk antrecken un gohn no Krammel's Johannes un füäddern myi ennen van syime hundertjöhrigen Münsterländer. Un wann ik dann füär Schmidt's Hiuse hiärkumme un saihe myinen Schatz amme Kükenfenster stohn, dann lache ik sai fröntlik an un trecke myine Kappe bit op de Strotenstäine un trecke myin laif Braisken iut der Taske un drück' et andächtig an myine Lippen. Dann frögget sik myin herzallerliebster Schatz. Vivat myin Lottchen! — — Awer der Diusend! Jitzund op äinmol fällt myi 'n schworen Backstäin oppen Hiärte! Js dai Braif ok würklik van Lottchen?? — Oh, gewiß! van biämme dann süs? Et stemmet jo ganz met allem, bat de Heer Schmidt vertallte — besonders bat do stäit: „bei Tag mein Gedanke, bei Nacht mein Traum." Heer Schmidt saggte jo iutdrücklik, Lottchen raipe imme Draume myinen saiten Namen. — — Awer, me kann doch nit wieten — et können ok nau andere laiwe Kinner van myi droimen. Doch dai beiden Baukstawen! „Deine bis in den Tod getreue L. R." — Dat L. hett Lottchen, un nix anders. Awer dat R! Syinen Schryifnamen kenn' ik gar nit. Bai söll myi diän seggen können? biänne frog' ik do wuall noh?

Engelbert (tritt ein). Bat heww' yi, Mester Fastowend? yi sind alläin, un kuiert doch sau harre, dat ik ug all op der Strote horte. Un bat is dat füär'n Papier, bat yi do sau fixe ächter uger Schüärte byihutten? Lotet saihn!

Fastabend. Oh, nix, gar nix — ments 'ne kleine Riäcknunge füär Oker un Yisersarwe.

Engelbert. Doch kein Laiwesbraif?

Fastabend. O Heer, bai söll myi Laiwesbraife schryiwen?

Engelbert. 'Villichte use Lottchen? söll ug dat schriewen hewwen iut äigenem Andrief, ehr if 'me vertallt, dat iät Gnode funnen hiät füär ugen Augen? Suih enner düt Menske an! iut äigenem Andrief! denn if sin nau nit wier terhäime wiäsen. If woll üwer Land reisen, saggt' if ug, un heww' et prowäiert, awer dat mischante Riänewiähr hiät mik wier ümmedriewen; un do hort' if ug van der Strote hiär sau harre priäcken, do sin if rinkummen. Whyiset hyi! bat schryiwet Lottchen?

Fastabend. Nix schryiwet Lottchen — as' if saggte: 'ne Riäcknunge füär Farwe, anders nix. Awer vyi sind niu mol an Lottchen te kuiern — seggen Sai mol, Heer Schmidt: bat hiät Lottchen füär'n Schryisnamen oder Hiusnamen, oder biu me dat nennt?

Engelbert. Et schryiwet sik Lottchen Rosenthal.

Fastabend (leise). Dat stemmet: L. R., Lottchen Rosenthal. Un bat en wunderschoinen Namen! Oh, dat ganze Lottchen is en Roiseken, is en Rausengoren, en Rausendahl! — (Laut.) Un seggen Sai mol, Heer Schmidt, biu lange is Lottchen all in Järem Hiuse?

Engelbert. Do mott is äist nohriäcken. Drei Johr.... siewen Johr.... tain Johr.... siewentain Johr.... un van Sente Meerten an bit dato, mäket in summa siewentain Johr un drüddehalf Monat oppen Kopp.

Fastabend (leise). Et stemmet! et stemmet! (Laut.) Draff if nau äine Froge stellen, Heer Schmidt? Uemme biuviel Uhr te Middage legget sik uge verehrte Heer Vatter oppet Ohr un hället syin Schlöpken?

Engelbert. Na, sau kuart süär twäi, bo myine Mutter in de Spitolkiärke tau'r Vesper gäit, un schlöpet dann bit väier.

Fastabend (leise). Et stemmet alles, as' et im Braiwe stäit. (Laut.) Un Sai, Heer Schmidt, blyiwet dann wuall terhäime un verwahrt sau lange det Hius?

Engelbert. If terhäime blyiwen un 't Hius verwahren?! Dat söll myi ok innfallen! Nä, if gohe in't Kaffehius un spiele Scat, jeden Sundag Nummedag, diän use Hiärrguatt weeren lätt; do sin if van äin Uhr bit siewen Uhr terhäime nit te besaihn.

Fastabend. Ok, wann't sau riänt, ase van Dage?

Engelbert. Un wann't Bränne vam Himel schnigget, imme Hiuse blyiwen kann if niu äinmol nit.

Fastabend (leise). Et stemmet, et stemmet — de Braif is van Lottchen, dat is sau gewiß as' et Evangiljen.

Engelbert. Bat knurr' yi liuter innen Boort, Mester Fastowend?

Fastabend. O nix, gar nix, Heer Schmidt!

Engelbert (scheinbar ärgerlich). Ach — if wäit nit, yi daut sau spassig gigen mif, sau häimlik un verschluatten, un wören van Muargen sau oprichtig un kuiervull! Yi syid sier enner Stunde ganz verwandelt. Dann well if et hinfüro auf sau maken un vertellen ug nix mehr van Lottchen, un wann't of nau sau vake imme Schlope van ug kuiert. Nix mehr well ug vertellen un bestelle ug diän Griuß nit, diän hi myi metgafften, un segge 'me of nit, dar't ug 'ne Braif schrhiwen söll. Un wann ug myin Roth nit gefallen hiät — gutt! Un wann yi dann Wit=

mann blyiwet un opdroiget as' en Hiegenstaken, gutt, dann is et myi äindaun! Adjüs! (Ab.)

Fastabend (sich vergnügt die Hände reibend). Hai briuket myi keinen Braif te bestellen, ik hewwe 'ne lengest in der Taske; hai briuket myi Lottchen nit te grußen, dat dau' ik moren selwer. Un Witmann blyiw' ik nit, un opdroigen as' en Hiegenstaken dau' ik nit. Dofüär kaväiert myi düt laiwe Braifken. (Er zieht's wieder hervor und drückt es an sein Herz.) O, füär diusend Daler kriege Keiner, bat ik hyi an myin Hiärte drücke! (Pfiffig.) Ik woll den Duiker daun un hangen iämme op de Nase, dat ik füär moren Nummedag in de Küke bestallt sin. Hai kann no'm Kaffehius gohn un spielen Scat — ik un Lottchen sind user do alläine genaug. (Vergnügt.) Dat sall en Späßken giewen!

(Vorhang fällt.)

Dritte Scene.

In der Küche. Lottchen und Engelbert.

Lottchen (mit Aufwaschen beschäftigt). Heer, yi maket us diän allen Menschen verrückt.

Engelbert. Ase wann hai't nit lengest wör!

Lottchen. Un het iämme würklik 'ne Braif schriewen, ase wann he van myi keeme, un myinen Namen drunner satt?

Engelbert. Biste klauk, Lottchen? dyinen Namen? Nä, ments twäi Baukstawen L. R. Niu söste saihn hewwen, bat hai piffig frogede, biu diu dik schriewest. Ik saggte: „Lottchen Rosenthal".

Lottchen. Aber if heite jo Lottchen Müller!

Engelbert. Sau sast diu ok födder heiten. Diu härrst 'ne saihn mötten, biu hai byi diäm saiten Namen Rosenthal gnäisede un tüsker den Tiännen nuselde: „et stemmet, et stemmet!" Un bat hai häimlik doh un den Braif wiäghutte! Ik hewwe innewennig lachen mötten, dat if hoorsnoge intäinbuasten wör.

Lottchen. Un niu kümmet myi dai alle Stengel in de Küke un well an myi friggen?

Engelbert. Jä wuall! kannst wuall lachen! 'ne Bruimen, do kannste Stoot met maken! Gloif ments, hai schmitt sik in Wix un putzet sik, dat kein Stöppelken stohn blitt. Un it gloiwe, hai fället dyi glyik met der Düähr in ter Küke rin un niemet dik sau foortens in' Aarm.

Lottchen. O Heer! dann wöll if laiwer.....!

Engelbert. ... 'ne allen Hittebock innen Aarm niämmen, weste seggen?

Lottchen. Jo, iäwen sau geeren! Jk wörte jo acht Dage spütern, wann myi dai aiske Keerel met syime rostrigen Schnawel te noge keeme! Nä, ik laupe sau wyit, as' ik kummen kann, un lote mik in der Küke nit saihn.

Engelbert. Dat kannste maken, biu diu west. Blyiweste, un hai kümmet, gir't 'ne Spaß, un blyiweste nit un hai kümmet, gir't auk 'ne Spaß. Byi kritt jedenfalls wat nettes te saihn un te hören. Mak ment, datte mettem Opwasken serrig weerst; et durt nit lange mehr, dann lütt se in der Spitolkiärke ter Vesper; fast saihn, hai kümmet op de Miniute — pünktlicher, ase wann hai taum Uawenputzen oder Dak-Schmiären bestallt is. Jk awer gohe nit no'm Kaffeehiuse, wann myi ok bai säggte, ik söll tain Dahler imme Scat verdainen. Jk sette mik in de Kükenkammer un lustere, bat dyin Friggersmann füär Kummedige mäket.

(Ab in die Kammer.)

Lottchen. Un ik lote de lesten Tällers un Schüteln ungewasken stohn bit dün Owend. Ments iäwen Kaffewater opgesatt un naumol gestuacket, dann awer gelaupen, ase wann myi de Duiwel op der Feeße wör! Dai alle Stengel sall mik van Dage nit te saihn kryigen. 't is doch wohr: sau'n allen Witmann is biestriger as' en Junge van fyisuntwintig Johren. Te äiste meint' ik, et wör' Unrecht van usem jungen Heeren, datte sau 'ne allen Mensken sau säilt un soppet. Awer hai hiär't nit anders eiget. De Frugge äist sier acht Dagen in der Ceren, un niu all wier sau friggedull! Me söll sau 'me Keerel richt intem Gesichte spiggen! — Jk sin serrig un gohe. Mester

Faſtowend! wünſke gutt Vermak in der liegen Küke!
(Geht nach der andern Seite ab.)

Meiſter Faſtabend (tritt auf in feinſtem Wichs).
(Sich behutſam umſehend.) Se hett iutlutt in der Spitol=
kiärke — de alle Madamm weert wuall met iärer
grauten Poſtille wiäg ſyin — de alle Heer ſchlöpet —
un de junge Heer Schmidt ſittet byim Kaffäi un byi
ſyinen Karten — — un myin laiwe Lottchen weert
ſau im Augenblicke geſluaggen kummen un danzen
myi tem Aarm rin. Oh, bat en Plaſäier! (Pauſe.)
Ik kryige myin laif Braiſken riut — (küßt den Brief) —
dat ſall myin Fryipaß ſyin. — (Pauſe. Er ſetzt ſich.)
Et blyiwet lange. (Pauſe.) Guatt der Heer! 't is
Sundags Nummedag in ſau 'me füärnehmen Hiuſe
allerhand te daun. Et tummelt ſik gewiß met Hän=
nen un Faiten, dar't ferrig weert un an myin Hiärte
flaigen kann. Villichte is de alle Madamm nau do,
un Lottchen mott iär den Saloppendauk terechte
ſtiäcken. Oh, wann't myi äiſt mol den Halsdauk
ümmebinnet un met ſyinen ſchnaiwitten Fingerkes
unner'm Boorde krummelt! Phyilipp, bat en Pla=
ſäier! — (Pauſe.) — Awer et blyiwet würklik lange. —
(Pauſe.) — Villichte ſchlöpet de alle Heer nau nit, un
Lottchen mott iämme det Küſſen unner'm Koppe nau=
mol ſtrack leggen. Oh, wann't myi äiſt mol de Mid=
dage det Küſſen op em Sopha terechte legget, dat
ik met aller Anmaidigkeit myin Unnerſtünneken hal=
len kann! Denn en Sopha mott ik hewwen — dat
weert van diän hunnert un ſiewen Dahlern in der
Sparkaſſe affallen können. Un wann iät dann füär
myi ſettet un wiährt myi de Flaigen! Un wann ik
dann wack weere, dann ſtäit myin ſchoine Kaffäi met
Schmant un Zucker füär myi oppem Diſke. O Phyi=
lipp, Phyilipp, bat en Plaſäier! — (Pauſe.) — Awer

et blyiwet doch hellisk lange! Söll't unpaß woren syin? — Nä, sau'n frisk, junk Roiseken weert nit unpaß. Ments sau schrohe, klapperge Flitzen, dai me ümmepiusten kann un nit styif ansaihn draff, dai sind ümmer unpaß un questet det ganze Johr. Myin Lottchen awer nit — dat is 'ne Hiusecke un stäit faste. — (Pause.) — Awer würklik! et blyiwet hellisk lange iut. — Ah, wachte! et stäit gewiß füär der Kükendüähr un schiämmet sik — ik well me den Gank ter Küke rinn lichter maken un kuiern det äiste Wort. (Oeffnet die Thür und flüstert hinaus.) Kumm rin, Lottchen! schiämme dik nit! ik sin do, ik, dyin Bruime! kumm rinn! (Er sieht hinaus und schließt die Thür wieder.) Näi, et stäit ok nit füär der Düähr. Awer bo mag et dann blyiwen? et weert myi balle unbegryiplik. — (Er setzt sich wieder. Pause.) Jä, jä, jä! Dat Fuier dat brient.... de Kitel dai kuacket.... dat Water dat broddelt.... de Kaffäi dai stäit gemahlen op der Mühle.... de Präsentirschütel met Kanne un Scholen stäit proot oppem Diske.... Stiuten un Schuit=kes legget derbyi imme Kuärsken.... dai ganze Pro=stemohltyit wachtet op Lottchen — do mott et doch terhäime syin! (Freudig.) Joh, et is terhäime, un keine syif Miniuten, dann is 't do un biddet diusend=mol ümme Verzeihung, dar't mik sau lange hiät söchten un angen un verlangen loten. Un, Phyilipp, ik well dyi mol wat seggen: (hält den Finger bedeutsam an die Nase) Phyilipp, fast sain: dat Fuier brient füär dik, de Kitel kuacket füär dik, de Kaffäi is gemahlen füär dik — sauglyik kümmet Lottchen un trachtäiert dik tem äistenmole met 'me styifen un banset dyi rundümme de Schole met Stiuten un Schuitkes tau, un biu güst iämme in un schmist iämme drei Klum=pen Zucker op äinmol drin; un dobyi nix gedohn,

afe faite gefucfet, faite gefuiert — ments ümmer ge=
fuiert van Raufen un Vergißmeinnicht — un't faite
Hänneken gedrücket un gefüffet, un antlefte us beide
fau im Schnupp innen Aarm genuammen un dai
Sake ferrig gemacht, un juchheißa, Bruime un Briut!!
Phyilipp! bat en Plafäier!! — — (Paufe.) — —
(Melancholifch.) Dai fyif Minjuten find auk wier rümme
— (kopffchüttelnd) — un Lottchen.... is iutebliewen. —
Et weert myi balle bedenklif. — Söll't mif tem Be=
ften hat hewwen??! — (Seinen Brief betrachtend.) Näi,
myin Braiffen, diu kannft nit luaggen hewwen!
Düfe Hiärtensfproke — jeder Baukftawe 'ne Hiär=
tensflamme — jede Rhige Gefaihl un Gemaithe —
— näi, myin Braiffen, diu kannft nit luaggen hew=
wen. (Melancholifch.) Wann't awer doch fau wör? —
De Frauluie het tchaupe iäre Ruppen. — Awer
Lottchen, düt gudde Kind? — — Näi, näi, Lottchen
is gutt — ek kümmet nau, et kümmet ganz gewiß. —
If well mif met Geduld fchmiären un wachten, bit
et kümmet. Biu lange well if dann nau wachten? —
De Uhr op der Spitol=Kiärke fchlätt niu grade de
drei — niu well if nau 'ne halwe Stunne taugie=
wen — wann't awer dann nit do is, dann.... na,
dann wacht' if äift nau 'n wennig — wann't dann
awer nit kümmet, gutt, dann wäit if, biuviel Uhr et
is, un gohe myiner Wiäge. — (Paufe.) Härr' if
ments myine Schniuftabaksdaufe byi myi, dat if myi
af un tau 'n Pryisken niämmen könn füär de Lange=
whyile! Awer if was alltau galant in myinen Ge=
danken un dachte: „Phyilipp, diu wäift nit, biu Lott=
chen vam Schniuwen denket; et git Frauluie, dai fik
füär'm Schniuwen aichelt. Un, dacht' if, wann diu
iär den äiften Kuß gift, dann mofte en awethitlik
Niäfeken hewwen." — (Paufe.) — Awer näi, balle

hall' if et nit mehr iut! Bai ümmer op häiten Kuallen ſtäit, brient ſyi antleſte Bloſen unner de Faite. Söll byi der Sake würklik Bedrug imme Spiele ſyin? — Ik kann't nit gloiwen! Lottchen met ſyinen Augen ſau ehrlik aſe de Sunne, Lottchen ſöll mik anſauert hewwen? Näi, nit müglik! dann ſöll me jo vertwyiſeln an der ganzen Menſkheit! — (Pauſe.) — Joh, joh, et mott Bedrug ſyin! dai ganze Braif is geſtunken un geluaggen! (Er zerknittert den Brief in der Hand.) Papier is gedüllig un Inket ſchryiwet Lug un Bedrug! (Zornig.) Phyilipp, Phyilipp! Dat Däier hiät dik taum Beſten hat! Biu, ſau ne anſtändigen Mann faxäiern? ſau'ne fruammen Mann, dai byi der Proſſiaune de graute Fahne driet? — Wachte, wachte! dat ſall diäm Däier ſchlecht bekummen! dat ſall iämme ſchlecht opbüäcken! Mik dem Beſten hewwen? mik fäilen? mik?? Wachte! ik weere dyi Stäine innen Wiäg leggen, bo diu dik üwer ſchüppen ſaſt! Ik goh häime — näi, ik goh ſtrack no Krammels Johannes un drinke myi 'n hundertjöhrigen Münſterländer in dün Aerger, wann't ok de Dokters verbaiet. Ik goh — Adjüs, Lottchen! dyinen Bruimen biſte quyit! (Geht bis zur Thür und kehrt langſam um.) Phyilipp, ſaſt doch laiwer nau twäi un 'n halwe Miniute wachten. Lottchen kann doch nau kummen. Dau diäm gudden Kinne nit Unrecht. Halt! myi fällt nau wat in. Do is dat Kükenkämmerken — am Enne hiär't ſik do, ehr ik kam, oppen Stauhl ſatt un is inſchlopen füär liuter Laiwe un Säihnſucht un droimet van myi. Joh, joh, ſau is et! (Leiſe.) Wachte, ik make ganz ſachte uappen un betrachte myi diän ſchlopenden Engel un huarke, biu et van myi imme Schlope kuiert — un ſau, aſ' et den ſaiten Namen Phyilipp öhmet, dann ſpring' ik tau un küſſe iämme diän ſaiten

Namen vannen Lefzen wiäg. Phyilipp, Phyilipp, dat is nau 't allergrötteste Plasäier! — (Er geht näher zur Seitenthür hin.) — De Düähr is ments anschuawen — if sin sau fryi un make uappen. — (Er öffnet und flüstert leise.) Lottchen!

Engelbert tritt rasch hervor — Fastabend fährt entsetzt zurück.

Engelbert. Gudden Dag, Mester Fastowend! Verschrecket ug nit, if sin't. If sall ug gruißen van usem Lottchen, iät hiät sik myi anvertrugget un bekannt, dar't ug gistern 'ne Braif schriewen un ug op dün Middag twäi Uhr in de Küke invitäiert hiät, ümme dai Sake richtig te maken. Yi sind do, saih' if, awer Lottchen is nit do, saih' yi. Ach, dat gudde Kind is ganz unglücklich. Denn denket ug: Lottchen harr' den Kitel ophangen, den Kaffäi mahlen, de Stiuten un Beschuitkes haalt un woll ug, wann yi kämen, sauglyik met 'm Schölken begruißen un uge Hiärte wiärmen — do op äinmol, sau ase se in der Spitolkiärke anfengen te luien, do kümmet iäre Schwoger gebuasten — yi kennt 'ne jo — dai Sicketarges Kleemeyer, un raipet: „Lottchen, diu most no myine Hiuse kummen, myine Frugge, dyin Süster, un alle siewen Blagen tehaupe liätt amme Stiärwen — Lottchen, diu most kummen, süs springe if süär Vertwyiflunge van der Brügge in 't Water!" — Denket an, Mester Fastowend! dai gudden Luie hadden gistern schlachtet, Owends wuastet un glyik 'ne Wuast byi'm Kragen kriegen, un hadden dat Schwyin nit mikroscopisch unnersaiken loten — if segge of: sau 'ne Glyikgültigkeit! — un van Dage het se tehaupe Milliaunen un Milliarden Trichinen im Magen sitten un liätt amme Stiärwen. Un use Lottchen — yi wietet jo, bar't süär 'ne gudde Säile is — loipet glyik met dem Schwoger no der Jselstrote un plegget de Kranken. Awer sur is iär dai Gank woren; denn de Bruinne was bestallt — if meine ug, Mester Fastowend — de Kaffäi was mahlen, de Beschuitkes haalt, de schoinste Stunne in iärem ganzen Liäwen woll anbriäcken as 'en Muargenrauth im Monat Mai — do mott sai wiäg un loten Kaffäi, Beschuitkes un Bruimen im Sticke, un laupen, bat giefte, bat hiäfte, ümme te helpen, te pleegen, te troisten.

Fastabend. O Heer, bat en Schicksal!

Engelbert. Awer Lottchen behelt doch nau sauviel Conzäpte byinäin, dar't myi 'ne Buahn no'm Kaffehiuse schickede un lait mik midden iut myime Scat häimeraupen. Un brümme? It söll ug diusendmol gruißen un seggen, et bliewe alles sau, ase sai schriewen härr, sai wör' uge laiwe Briut un wöll uge laiwe Frugge weeren, un yi söllen ments soort no'm Heeren Amtmann, dem Standesbeamten, gohn un mellen ug beide an, dat yi nit do late in diän Kasten am Rothhiuse keeemen, domet dat de Hochtyit nau süär der Faste süärwes gohn könn.

Fastabend. Alsau: sausoortens, meint Lottchen?

Engelbert. Joh, sausoortens. Denn dai Kasten is nit allte graut, do het nit viel Luie Platz inne.

Fastabend. Un glyik dün Nummedag?

Engelbert. Entweder glyik dün Nummedag, oder süs foortens moren Muargen. Denn et gäit do as' in der Mühle: bai't äiste kümmet, mahlt te äiste; bai't äiste imme Kasten hänget, fritt teäiste 'ne Frugge.

Fastabend (nachdenklich). Awer ik hewwe myine Papiere nau nit byinäin, den Daupeschyin, den Inwilligungs-Schyin et cetera.

Engelbert. Dat dött nix; dai Papiere konnt nohliewert weeren. De Hauptsake is, dat yi in den

Kasten kummet. Es is van wiägen der Insproke. Fryilik van wiägen Lottchen kümmet keine Insproke; denn et saggte myi nau iäwen, ehr ik iutem Hiuse genk: „Phyilipp Fastowend, saggt' et, is myine äiste Laiwe, un myine leste is Phyilipp Fastowend."

Fastabend (gerührt). O, düse laiwe, gudde Säile!

Engelbert. Et kümmet alsau ments drop an, of van wiägen uger Persaune kein ander Miäcken Insproke dött, of yi ganz fryi un ledig sind, un keiner Andern de Eh verspruacken het.

Fastabend. Näi, keiner Andern. Denn ase in myiner säll'gen Fruggen nau Ohm was, dacht' ik all an Lottchen; un van diär Stunde an, bo se daut was, heww' ik ments liuter an Lottchen dacht.

Engelbert. Dat vertell' ik Lottchen; dann frögger't sik. Denn et harr all mol hort, yi laipen starke ächter Stiutenbäckers Marjänneken hiär.

Fastabend. O, Heer Schmidt! ik bidde diusendmol: seggen Sai Lottchen, et söll sik nit an all dat Gekuier un Geschwcele der Luie kehren.

Engelbert. Oh, dat dörr't ok nit. Lottchen hiät Tauvertruggen tau ug. Doch niu, tau'r Sake! Ik meine, yi gengen doch biätter nau dün Nummedag taum Amtmann. Dat Kästken is klein.

Fastabend (nachdenklich). Van Nummedage? — Nu joh! ik sin niu äimol sundagisk antrocken un heww' en rein Schnuiteplettken in der Taske — nu joh, ik well saufoorts gohn. Heer Schmidt, awer dann syin Sai doch sau fryi un gruißen myi Lottchen siewenunfuszig diusendmol....

Engelbert. Ik well nau taindiusend derbhidauhn.

Fastabend. Joh, dauhn Sai dat, un seggen Sai Lottchen, ik härr' hyi twäi geschlagene Stunden siätten ase det Männeken am Wiäge, un de Flammen der Säinsucht härren mik opdroiget ase 'ne Wuast im Rauke. Seggen Sai 'me dat — un niu Adjüs, laiwe Heer Schmidt! Ik goh' no'm Heer Amtmann. (Ab.)

Engelbert. Ik well't bestellen. Adjüs, Mester Fastowend! — (Laut lachend.) Ik wöll wuall biästen füär Lachen! Düse Isel vam Keerel! Me kann't iämme nit dicke genaug oppet Jack giewen. — Et blyiwet wohr, bat me segget: wann use Hiärrguatt Narren hewwen well, dann mäkete Wittmänner.

(Vorhang fällt.)

Vierte Scene.

Wohnzimmer des Amtmanns. — Der Amtmann liest die Zeitung, Sidonia trägt das Kaffeegeschirr ab.

Amtmann (schiebt die Zeitung bei Seite). Hu, wie langweilig jetzt die Zeitung ist! Es ist auch rein gar nichts darin! Ein Bischen Gezänk in der Kammer — und im Departement der Loire in Frankreich ist der und der zum Abgeordneten gewählt — Handelsvertrag von Rumänien — Exminister Gladstone hat eine Broschüre losgelassen — Minghetti's Anrede an die Kammer über Finanzen und die Spitzbuben in Sicilien.... da, liebe Sidonia! ich gebe Dir beide Ausgaben von heute, gib sie Drütchen zum Fensterputzen!

Sidonia. Ja, lieber Edmund! Auch das Feuilleton, die Geschichte von dem Findling, wie nüchtern und langweilig! Für keine zwei Pfennige Poesie darin, und den Ausgang weiß man voraus, bevor noch der Schluß da ist. — Haben wir heute nichts anders zu lesen? Was war es doch, was Dir gestern der Buchhändler in's Haus schickte?

Amtmann. Da liegt der ganze Packen noch, ich habe ihn nicht mal geöffnet.

Sidonia. Dann thu' das jetzt — vielleicht finden wir etwas darin, um uns die Langeweile zu vertreiben.

Amtmann (öffnet ein Packet Bücher und nimmt die einzelnen heraus). „Ein verlornes Lebensglück" — wird eine traurige Geschichte sein, paßt nicht für uns zwei. — "Philosophie des Unbewußten" — hm! dummes Zeug! Philosophie! Und noch dazu vom Unbewußten? Ueber das Bewußte zu philosophiren, ist schon langweilig genug. — "Wunder der Insectenwelt".... ach, liebe Sidonia, die Schmetterlingszeit ist für uns zwei vorüber.

Sidonia. Für mich — das ist wahr. Aber ob Du nicht bisweilen hinter meinem Rücken um junge Blumen herumflatterst?

Amtmann (gibt ihr einen leisen Schlag auf den Mund). Böses Frauenzimmer! — (Hebt andere Bücher heraus.) "Pape, Joseph, treuer Eckart, 3. Auflage"... habe ich längst in meiner Bibliothek — ein famoses Epos! Schade, daß das Werk nicht so gewürdigt wird, wie es verdient! — "Kayser, Dr. J., Physik des Meeres".... famos, prachtvoll! Aber unser Sohn Fritz hat's im Herbste in der Aula als Prämium bekommen, braucht's also nicht erst zu kaufen. — "Tenckhoff, Dr. Albert, Westfälische Geschichten".... da, Sidonia, das leg' mal bei Seite, davon habe ich viel sagen hören; das wollen wir uns näher ansehen. — "Bäumker, Franz, Brandenburgisch-preußische Geschichte".... wird ein gediegenes Werk sein, denn sein Verfasser ist ein gediegener, braver Kerl. — "Hülsenbeck, Franz, Kastell Aliso".... ah, sieh' an! gewiß gegen Giefers und seine Ansicht von Elsen — leg's bei Seite, Sidonia — interessirt mich. — "Hörling, Dr. Conr., gesunde Mütter und gesunde Kinder".... ist was für Dich, Sidonia! da, leg's bei Seite! — — "Sprickeln un Spöne, 5. abermals vermehrte Auflage, Paderborn bei F. Schöningh".... ah, freut mich, daß mir das mal wieder zu Gesichte kommt... von unserm lieben Landsmann.... wie es dem guten Kerl wohl gehen mag im Sachsenlande?

Das behalte ich, Sidonia! Hab's mir schon dreimal gekauft, aber immer ausgeliehen und so bin ich dreimal darumgekommen.

Sidonia. Schön, schön! Dann, lieber Edmund, mußt Du mir aber auch sofort eine Schnurre daraus vorlesen! Das ist so recht für den Sonntag Nachmittag.

Amtmann. Was befiehlst Du denn, meine Gnädige? (Blättert in dem Buche.) „Odam", „Schulten Hochtyit", „Briutexamen", „De fruamme Mann", Kaspar no der Hochtyit"....

Sidonia. Halt, ja, das lies mal! „Kaspar no der Hochtyit." Daraus könnt Ihr Männer was lernen, nämlich wie's euch gehen kann, wenn Ihr wiederheirathet; daß Ihr darum die erste Frau recht in Ehren halten und auf den Händen tragen sollt, damit sie Euch nicht stirbt.

Amtmann. Nun, das thut doch wohl Dein Herr Gemahl und Ehewirth.

Sidonia. Im Allgemeinen geht es ja wohl; das Prädicat „fast genügend" verdienst Du ungefähr. Doch nun los: „Kaspar no der Hochtyit."

Amtmann (liest vor). „Un Kasper friggede tem päierden Mole. No acht Dagen laip iämme de Pastauer innen Wiäg. „No, Kasper, biu gäit et?" — „„Gutt, Herr Pastauer, gutt!"" — No vertain Dagen frogede de Pastauer wier. — „„Oh — gutt, Heer Pastauer!"" — Uewer en Tyitlank worte dat „Oh" lenger un lenger: „„„Oh — — et gäit sau, as' et gäit". — Un no säß Wiäcken kam Kasper....

(Fritzchen guckt herein.)

Fritzchen. Papa!

Sidonia. Was willst Du, lieber Fritz!

Fritz. Papa! da ist ein Mann, der fragt nach Dir.

Amtmann. Wer ist's?

Fritz. Es ist der alte Vater Fastabend, der uns die Oefen putzt und so viele Complimente macht. Er frug, wo Zimmer Nr. 1 wäre. Da sagte ich, das Büreau wäre heute zu; er sagt aber, er hätte ganz dringende Geschäfte.

Amtmann (ärgerlich). Ach was! Sonntags will ich Ruhe haben — sag' ihm, er soll morgen wiederkommen.

Sidonia (besänftigend). Wer weiß, was er will, lieber Edmund? Morgen ist Werktag, da wird er nicht gern die Arbeit versäumen mögen. Aber bleib Du ruhig in Deinem Sessel sitzen und laß ihn zu Dir in's Familienzimmer kommen. Amtsgeheimnisse wird's zwischen Dir und ihm nicht geben — da wird meine Anwesenheit nicht schaden. — Geh, Fritzchen, sag' ihm, Papa wäre hier; er solle nur 'reinkommen. (Fritz ab.)

Amtmann. Du bist schwach, Sidonia! Hättest doch diesen sanften Heinrich laufen lassen sollen. Sollst sehen: in der ersten Stunde wirst Du ihn nicht wieder los. Unsern lieben „Kasper no der Hochtyit" werde ich bei Seite legen müssen.

Sidonia. Gib ihn mir her — wenn Meister Fastabend langweilig wird, so amüsire ich mich mit Kasper. (Es klopft an.) Herein!

Meister Fastabend (im Sonntags-Anzug — sehr complimentös). Schoinen Gudden Dag, Heer Amtmann! Schoinsten Gudden Dag, gnädige Frau Amtmännske! Ik sin sau fryi — angenehme Ruh tau'm Middagsschlöpken nohdriäglik!

Amtmann. Danke, danke! — Nun, was gibt's denn, Meister Fastabend?

Fastabend. Schlecht Wiär van Dage, Herr

Amtmann! et fluiget sau'n bitken met Schnai un stippet met Water — awer hyi is't awetyitlik warm — nit wohr, gnödige Frau Amtmännske! dat Ueäweken trecket niu gutt.

Amtmann. Aber womit kann ich denn dienen, Meister Fastabend?

Fastabend. Dainen, gnödiger Herr Amtmann? Sai myi dainen? O Heer, dat wör doch tauviel Ehre!

Amtmann. Nun, was wollt Ihr denn? Soll ich Euch vielleicht die Rechnung für die Oefen anweisen, die Ihr im Rathhause gereinigt?

Fastabend. Oh näi — van Dage kümmer't viel finner riut — viel, viel finner! Seggen Sai mol, Heer Amtmann, dat Kästken füär'm Rothhiuse met diäm Gitterken derfüär.... if hewwe sau iäwen met Andacht derfüär stohn un....

Amtmann. Worin die Holzverkäufe zu lesen sind? Habt Ihr ein Klafter Holz nöthig?

Fastabend. O näi, Heer Amtmann, Holt nit.... ik meine dat andere Kästken.

Amtmann. Das andre, worin verlorne und gefundne Sachen bekannt gemacht werden?

Fastabend. Auk nit, Heer Amtmann — ik meine dat drüdde!

Amtmann. Das dritte, worin die Heiraths= Ankündigungen stehen? meint Ihr das?

Fastabend. Joh, dat meine ik. Seggen Sai mol, Heer Amtmann, un niämmen Sai myi dai Froge nit füär üäwel: söll in diäm Kästken wuall nau Platz füär twäi Luie syin?

Amtmann. Für zwei Leute in natura schwer= lich, wohl aber für zwei Namen.

Fastabend. Jä wuall, sau mein' ik et: füär twäi Namen. Un dai beiden Namen heitet: Philipp

Fastabend und Lottchen Rosenthal. Söll dat nau wuall gohn?

Amtmann. Ich denke, Meister Fastabend, Euer Sohn Philipp.... so heißt er ja wohl.... der wäre längst verheirathet.

Fastabend. Joh, dat is hai, Heer Amtmann, un hiät all fyif Kinnerkes. Nä, ik meine Phyilipp Fastowend senior un Lottchen Rosenthal.

Sidonia. Wie? wie heißt das, Meister Fastabend?

Fastabend. Biu ik heite, meint Sai, gnödige Frau Amtmännske? As' ik sagte: Phyilipp Fastowend senior — un myine Herzallerliebste hett Lottchen Rosenthal... wiet' Sai wuall, dai Kükinne byi Herrn Justizrath Schmidt an der Spitol=Kiärke.

Amtmann (erstaunt). Aber, Meister Fastabend! redet Ihr im Ernst? Ihr wollt heirathen?

Fastabend. Joh, Heer Amtmann, ik woll hirothen, un woll geren nau füär der Faste dermet terechte syin.

Sidonia (erstaunt). Aber, Meister Fastabend!

Fastabend. Frau Amtmännske, bat is gefällig?

Sidonia. Es ist ja kaum acht Tage her, daß Ihr mir den Ofen putztet.

Fastabend. Ganz recht, Frau Amtmännske! 't is gistern acht Dage woren. Hai trecket doch nau, nit wuall?

Sidonia. Ich will damit ganz was anders sagen. Als Ihr den Ofen putztet, da war't Ihr untröstlich um Eure selige Frau und wischtet Euch in in einemzu die Thränen mit dem Aermel ab.

Fastabend. Joh, dat hemm' ik dohn, Frau Amtmännske! met der Mogge hemm' ik se afwisket — un dat hiät batt: se sind niu ganz droige.

Sidonia. Aber Ihr wolltet ja reinweg verzweifeln.

Fastabend. Joh wuall, Frau Amtmännske! binoh wör' ik vertwyifelt. Aber do fell myi nau iäwen ter rechten Stunde in, bat imme (fromm) heiligen Katechismus ftäit: vertwyifeln an Guaddes Barmherzigkeit wör de allergrötteste Sünde, dai et op Eeren giwen könn. Un ik fin 'ne fruammen Mann; diärümme faggt' ik: „wiäg met aller Vertwyifelunge! wiäg dermet!"

Sidonia. Und fagtet, zwischen hier und Berlin gäbe es keine bessere, als Eure selige Frau.

Fastabend. Un byi diäm Woorde blyiw' ik stohn, Frau Amtmännske! (Pfiffig.) Tüsker hyi un Berlyin — dat is wohr. Aber hyi, hyi in loco felwer, do gir't der nau biättere — wenigstens äine: nämlik Lottchen Rosendahl.

Sidonia. Und in hundert Jahren, fagtet Ihr, würde keine so gute wieder geboren.

Fastabend. Ganz recht, Frau Amtmännske! Dat is ok van Dage nau myine Meinunge. Ik segge nau mehr: in diusend Johren weert sau keine wier junk. Awer dat passet op Lottchen nit: Lottchen is all gebuaren, is all füär diärtig Johren junk woren — saihn Se: do is dat en ander Dinges. — Nä, byi myinen Woorden blyiw' ik alltyit. Ach, dat gudde Lottchen! Awer kennt Sai se dann nit, Frau Amtmännske? Byi Herrn Justizrath Schmidt an der Spitol-Kiärke, do foiert iät fier fiwentain Johren un drüddehalf Monat de Küke.

Amtmann. Das muß ein holdes Geschöpf sein, das sich über einen Wittmann gleich in den ersten acht Tagen erbarmt.

Fastabend. „Ein holdes Geschöpf" — joh,

ganz recht, Heer Amtmann! Joh, sau hold un sau saite, as en mill' Aeppelken. Un Braiwe kann't schryiwen!! Jk well der gnödigen Frau Amtmännsken nit te noge triähn — sai sall auk wuall 'ne schoinen Braif opsetten — awer 'ne schoinern ase Lottchen nit.

Sidonia. Aber wie seid Ihr denn gerade auf diese süße Person gekommen? wer hat den ersten Antrieb dazu gegeben?

Fastabend (die Hände auf der Brust faltend). Det Hiärte, gnödige Frau Amtmännske! det Hiärte — myin Hiärte un Lottchen syin Hiärte, dai sind sik midden oppem Wiäge in de Maite kummen.

Amtmann. Und habt vorher gar keinen andern Rath eingeholt? bei einer so wichtigen Sache?

Fastabend. Joh, Heer Amtmann, ik hewwe myik ok äist Roth haalt — byi vernünftigen Luien — un alle vernünftigen Luie raien myi tau'm Wierfriggen, un raien myi grade tau Lottchen.

Amtmann. Zum Beispiel: wer denn?

Fastabend. Tem Byispiel dai junge Heer Schmidt, Engelbert Schmidt — 'ne laiwen, vernünftigen Mann.

Amtmann. Engelbert Schmidt? — (Leise zu Sidonia.) Sidonia, ich will drauf wetten: der hat den alten Kerl zum Besten.

Sidonia (leise). Es scheint mir auch, Edmund! — (Laut.) Also der Engelbert?

Fastabend. Joh, daiselftige. Dai harr 'n kloren Jnblick in myin Elend. Dai soh in, biu ik van Dage te Dage byinäin schrumpede, ase 'ne Tuffel imme Froihjohr, biu ik henneschwand ase Schnai fuär der Sunne — dai soh in, biu frümede Luie op mynen Pankrott wirthschafteden. Heer Amtmann un gnödige Frau Amtmännske, if segge Sai: if weere bestuallen, if weere beluaggen, if weere bedruaggen — if weere beschuppet, bemogelt, besiutelt, beduiwelt, de laiwe Guaddes Sunne söll sik drüwer verfinstern! ..... if mag der nit van kuiern; de Heer Engelbert Schmidt wäit et — wann Sai dïän frogen wöllen, dai söll iänne Wunderdinge vertellen. — Awer et sall niu wier biätter gohn — un de laiwe Sunne sall wier düärkummen. Un sier gistern, bo if diän zuckersaiten Braif van Lottchen kräig, sier gistern, siet dai Heer Engelbert Schmidt, söh' if all wier 'n haupen biätter iut un kriege wier Farwe in't Gesichte. Un wann if myin Lottchen äist hewwe, dann vernigge if mik ganz un gar, un myine Johre wasset terügge, un if weere wier af' en Junge van syifuntwintig. Aber myin Ryikdum wässet füärwes — denn denken Sai an, Heer Amtmann: Jänne draff if et anvertruggen: Lottchen hiät ganze hundertunsiewen Dahler in der Sparkasse leggen.

Amtmann. Da könnte ich ja bei Euch borgen, Meister Fastabend!

Fastabend. Joh, Heer Amtmann! wann Sai in Rauth kummen söllen, bo Guatt füär syi! dann gohn Sai nit no'm Jiuden, näi, kummen Sai ments no myi! in drei Wiäcken, sau Guatt well, kann if bit an de Yällebuagen drinpacken. Diärümme, Heer Amtmann, wann if bidden draff — sau wuall in Järem Inträsse ase in myinem, maken Sai, dat if un Lottchen in dat Kästken kummet. Wann vyi do äist inne sind, meint de Heer Engelbert Schmidt, dann mächte sik alles Andre van selber.

Amtmann. Freilich, freilich! Und wenn Sie denn durchaus wollen, gut, so kommen Sie morgen mit Fräulein Braut auf mein Büreau...

Fastabend. Met Lottchen tehaupe? kann ik et nit alläine gutt maken? Lottchen hiät viel te daun in der Küke, väier Fickeln te fauern un drei Luie.

Amtmann. Nein, sie muß selbst mitkommen und ihre Erklärung abgeben.

Fastabend. Wann ik dann dofüär hyi glyik ter Stunde iäre Braiffen opwiese? Do stäit dai Erklärunge netter inne, as et met Kuiern müglik is.

Amtmann. Hilft nichts: persönlich und mündlich, so will's das Gesetz. Und bringen Sie beide die nöthigen Papiere zur Stelle! Zunächst den Taufschein!

Fastabend. Heer Amtmann, ik kann Sai versiekern: ik sin dofft un hewwe (fromm) in der heiligen Daupe den Namen Phyilipp kriegen, un de säll'ge Schuatstäin-Fiäger Phyilipp Schwartwammes is Paa wiäst.

Amtmann. Hilft nichts — auf's Alter kommt's an; darum der Taufschein.

Fastabend. Ik versiekere Sai mündlich, Heer Amtmann: ik sin fyifunfufzig Johr' alt.

Sidonia. Da sehe ich deutlich, Fastabend, was Ihr eben sagtet, Eure Jahre wüchsen zurück. Denn als Ihr mir neulich den Ofen putztet, da waret Ihr im sechszigsten Jahr.

Fastabend. Saggt' ik dat? Dann hemm' ik et verkohrt saggt. Sai wietet jo, Frau Amtmännske, gistern füär acht Dagen was ik füär liuter Trur un Schmiärten ganz in myime Conzäpte verkummen. (Traurig.) Ach Guatt! wamme sau Dages derfüär 'ne gudde, laiwe Frugge begrawen hiät! — Bat ik segge, Heer Amtmann: fyifunfufzig! Sau konnt sik drop verloten ohne Schyin.

Amtmann. Fastabend! ich weiß es aus den Akten: Ihr seid mindestens sechsundsechszig alt.

Fastabend. O Heer! sässunsästig?!

Amtmann. Mindestens. Der Taufschein wird's ausweisen. Also!

Fastabend (nachdenklich). Heer Amtmann! äine Froge! Kritt Lottchen auk diän Daupschyin te saihn?

Amtmann. Sie kann Einsicht davon verlangen.

Fastabend (pfiffig). Heer Amtmann! dann maken Sai 't sau: liäsen Sai Lottchen diän Schyin füär! Un wann dann würklich sau'n Schryif=Fehler drin füärkummen söll, dat do füär syifunsufzig säß=unsästig stönne.... et kümmet jo wuall füär, dat ok studäierde Luie, Pastoiers et cetera sik mol verschryi=wet.... dann liäsen Sai syifunsufzig! Daun Sai dat! if hewwe der nix födders byi imme Sinne. Daun Sai't! et fall iäre Schade nit syin! Ik well iänne dofüär den Uawen dreimol ümmefüs putzen.

Amtmann (lachend). Das ist anständig hono=rirt! Dafür läßt sich was thun! Ich will's mir gründ=lich überlegen. — Also: nun wißt Ihr Bescheid — Braut und Bräutigam persönlich, und den Taufschein mitgebracht! Und zweitens einen Todtenschein über Eure selige Frau.

Fastabend. 'ne Dauenschyin? bai schryiwet diän?

Amtmann. Für jetzt noch der Pfarrer.

Fastabend (sich hinter'm Ohr kratzend). De Pa=stauer? — dat is aisk. Dann mott ik diäm auk äist nau wier Rede stohn? — Heer Amtmann! ganz ge=wiß: myine säll'ge Frugge is miusedaut.

Amtmann. Hilft nichts — der Schein muß da sein. Nun geht! für heute seid Ihr fertig.

Fastabend. Un ik kann ganz un gariut nit

van Dage mehr in dat Käſtken kummen? Jk härr' ſau geeren hat, wann moren Muargen glyik de äiſte Sunnenſtrohl myinen und Lottchen's Namen tehaupe beſchienen härr', und dat alle Miägede, wann ſe den äiſten Dracht Water iut dem Kumpe byim Rothhiuſe haalten, füär diäm Gitterken ſtohn bliewen un ſchlai= gen iäre Hänne tehaupe. Dat wör myi 'n Haupt= Späßken wiäſt!

Amtmann. 's geht nun einmal heute nicht. Aber das alles kommt ja früh genug, wenn's auch einen Tag ſpäter kommt. Nun Adieu, Meiſter Faſt= abend!

Sidonia. Nein, lieber Edmund! Faſtabend muß noch einen Augenblick hier bleiben. Ich habe noch mit ihm zu reden. Du haſt amtlich mit ihm geſprochen — ich ſpreche jetzt vertraulich mit ihm.

Faſtabend (ſchmeichelnd). Schoin, ſchoin, Frau Amtmännske! Sau recht vertraulich! Guatt der Heer! ik un Sai ſind jo ok ümmer ſau gudde Frönne wiäſt — un äll met iärem ſäll'gen Vatter was ik ſau ſpe= cial! Et was en laiwen Heeren!

Sidonia. So hört denn, Faſtabend! — Alſo: Ihr wollt partout wieder heirathen?

Faſtabend. Joh, Frau Amtmännske, partiu!

Sidonia. Und nicht in's Kloſter gehn, wie Ihr neulich ſagtet?

Faſtabend. Näi, no'n Abſelvanten nit.

Sidonia. Gut! Dann will ich Ihnen mal eine Vorleſung halten, wie vortrefflich es alten Wittmän= nern gehen kann, wenn ſie wieder heirathen. In dieſem Büchlein ſteht's....

Faſtabend. O, dat mott en ſcharmant Baik= sken ſyin! Alſau, do ſtäit et inne, bat dat füär'n

Plaſäier is, wamme wierfrigget? O, bat en Glücke, dat ſülke Baiker ſchriewen weert!

Sidonia. Da, lieber Edmund! thu Du's! Du kannſt Plattdeutſch beſſer leſen. Lies ihm das Stückchen: „Kaſper no der Hochtyit" — und für den Namen Kaspar lies jedesmal Philipp oder Faſtabend; und für Paſtor lies Amtmann.

Amtmann. Schön! Nun hört zu, Meiſter Faſtabend. (Lieſt.) „Un Phyilipp friggede tem tweddenmole."

Faſtabend (ſchmunzelnd). Scharmante! ſcharmante!

Amtmann (lieſt). „No acht Dagen laip iämme de Amtmann innen Wiag. No, Phyilipp, biu gäit et?" — „‚Gutt, Heer Amtmann, gutt!'"

Faſtabend. Scharmante! ſcharmante!

Amtmann (lieſt). No vertain Dagen frogede de Amtmann wier. „‚Oh — — gutt, Heer Amtmann!'" Un dat „Oh" worte lenger un lenger: „‚Oh — — et gäit ſau aſ' et gäit!'" — Un no ſäß Wiäcken kam Phyilipp met eme gallmergen Geſichte no Krammel's Johannes: „Johannes! gif myi 'n halwen Dort! if hewwe mik ärgert."

Faſtabend. Aergert? bo üwer dann?

Amtmann. Faſtabend, das kömmt. (Lieſt.) „Un hai käik ganz eerenſthaft in't Glas, buckede met dem Koppe in de Hand, kläggede ſik tewyilen ächter'm Ohr un ſaggte kein Woort." — Aber hört Jhr auch zu, Faſtabend?

Faſtabend. Jk höre, if höre.

Amtmann (lieſt). „Acht Dage derno kam Phyilipp wier un ſoh ganz vernattert iut. „Jömmer Phyilipp! hiäſte de Giällſucht?" — „‚Joh, de Galle ſöll emme üwerlaupen! Gif myi 'n halwen Dort, Johannes! if hewwe mik ärgert üwer de Frugge!'"

Fastabend. O Heer! ärgert üwer de Frugge? Biu söll dat müglik syn?! Näi, do was gewiß wat anders passäiert.

Amtmann. Nein, nein! über die Frau — so steht's hier. (Liest.) Un niu fenk hai an iuttepacken. „Sau'n Däier?! is dat sau 'ne fruammen Mann wuall werth?

Fastabend. Met Verloif, Heer Amtmann! Draug dai Mann byi der Prossiaune auf de Fahne? dat möcht' ik wieten.

Amtmann. Ja wohl, ganz recht! das steht auf der andern Seite. Hört weiter zu. (Liest.) „Ik dachte doch, myine Rentlikeit un Pleege te hewwen: joh, niu kucket myi de Aarm iut der Mogge, un de Feeße iut der Huase. Sau'n Fraumensz! kuacket sik 'ne styiwen, drei Würp op de Schoole, un Phyilipp mott det Prütt siupen — wiret sik alle Owend de Schauh, un Phyilipp kritt se Sundags nau nit mol geschmiärt — ietet Stiuten un Krengels un schmiärt sik Buter drop, un Phyilipp kann an den harten Kuasten gnappen....

Fastabend. Näi, näi, Heer Amtmann, niu hören Sai ments op! Sau mäker't Lottchen nit — dat hewwe' ik van Nummedage ganz anders saihn. Sau 'ne hauge Banse van Stiuten un Beschuitkes! un wenigstens twäi Lauth Kaffe mahlen füär düsen Phpilipp, (zeigt auf sich) füär micke. — Näi, näi, dai Mann, dai dat schriewen hiät, hiät Lottchen nit kannt.

Amtmann. Er schreibt aber aus der Erfahrung.

Fastabend. Sau? hiät hai selwes 'ne Frugge? Na, dann mag dai der wuall no syin un kuacken iämme ments Prütt un schmyiten iämme de harten Kuasten füär — süs schriewe hai sau giftig nit üwer de Frauluie. Wann dai Mann sau'n Lottchen härr', dann lutte dat Dinges ganz anders.

Amtmann. Hört weiter, Fastabend!

Fastabend. Näi, Heer Amtmann, ik mag nix mehr hören — dai Mann wäit der nixen van.

Amtmann. Aber das Beste kommt noch. Hört! — (Liest.) — „Sau 'ne Häxe! trachtäiert de Jungens met Speck un Eggern, un Phyilipp kann sik de Schallen besaihn.

Fastabend. Ajasses, biu lutt dat! Lottchen, un de Jungens trachtäiern? Sall ik iänne mol wat vertellen, Heer Amtmann, biu Lottchen myi in düm Braiwe schriewen hiät? (Zeigt den Brief.) Näi, nit mol, biu se schryimet — näi, biu sai droimet imme Schlope? „Phyilipp is myine äiste Laiwe, un myine leste Laiwe is Phyilipp." Nä, Lottchen trachtäiert keine Jungens.

Amtmann. Wir wollen's abwarten. Aber hört ruhig weiter. (Liest.) „Un üwer de Strote rop söchtede Phyilipp in syinen gryisen Boort: „O weiser Sirach, bat hiäst diu Recht!"

Fastabend. Heer Amtmann! niu hör' ik: dat ganze Bauk is Lug un Bedrug. Denn de weise Sirach, (fromm) de heilige Sirach segget: „Wer ein starkes Weib gefunden, der...."

Amtmann (einfallend). Wie stark und tapfer das Weib gewesen, das folgt jetzt. Hört! (Liest.) „O biu laiwer Guatt! bat sin ik te Mote kummen mit diäm Däier! Enne sau te schlohn! met emme Braken as en Aarm dicke! O myin arme Puckel! — Wann't enne dann nit sau krassede, dat Krassehund! — O, weiser Sirach! o myin arme Puckel!

Fastabend (spuckt aus). Futtahne, bat en aisk Bauk! — Näi, Heer Amtmann, niämmen Sai myi det Woort nit üwel: if härr' nit dacht, dat Sai sau schlechte Baiker im Hiuse hädden.

Amtmann. Es ist das Lieblingsbuch meiner Frau! Also ihr gehört das Compliment. Doch hört den Schluß. (Liest.) „Kuart drop begignede iämme de Amtmann. „No, Phyilipp, biu gäit et?" — „„O, Heer Amtmann! hädden Sai mik domols nyammen un ter Trappen runner stülpet, as' ik kam un van Wierfriggen kürte! Dann hädd' ik doch myne Knuacken op ehrlike Wyise terbruacken! niu schlätt se myi dat Däier intwäi."

Fastabend (spuckt aus). Futtahne! ajasses! — Heer Amtmann, schmyiten Sai dat Bauk in'n Uawen!

Amtmann. Fastabend! nein, das Büchlein ist Gold werth, der Herr Pastor hat's auch.

Fastabend. Biu? use Pastauer van der Spitol=Kiärke?! Dai lieset düt aiske Bauk! Dann segge enner van diän Heerens! Hiät do nau füär vertain Dagen van der Kanzel 'ne dicke Stunde priäcket üwer boise Baiker, üwer schlechte Romane..... schlechte Romane! ik wußte nit, bat dat Woort heiten soll — niu wäit ik et: sau'n Bauk, ase dat do — — un dai lieset hai selwer?! — Heer Amtmann, biu hett dat Bauk?

Amtmann. Es heißt „Sprickeln un Spöne" — behaltet's Euch gut! Sechs Wochen nach der Hochzeit werdet Ihr mit Nutzen darin lesen, wenn alles so gekommen ist, wie es darin steht.

Fastabend. Sau! Sprickeln un Spöne hett dat Bauk! Dat well ik myi behallen. Un wann myi use Pastauer mol op der Strote begignet, dann segg' ik: „Heer Pastauer! schlechte Romane — jo wuall, Sprickeln un Spöne! Ajasses! Futtahne!" — Un dem allen Justizroth Schmidt well ik et seggen, hai söll

5

en Schrhiwens an de Obrigkeit opsetten, dat sau'n
boise Bauk verbrannt oder verbuahn weert. Denn
„böse Bücher verderben gute Sitten". — Un niu
goh' if häime, un kümmere mik ümme alle Baiker
in der Welt nit, un giwe Lottchen te wieten, et söll
sik moren fyin maken un suargen füär syinen Daupe=
schyin, un if suarge füär den myinen — un dann,
Heer Amtmann, kumme byi beide tehaupe, un mo=
ren Obend, sau Guatt well, hange byi in diäm Kiäst=
ken, un üwermoren Muargen schlatt alle Luie füär
diäm Gitterken de Hänne tehaupe. Adjüs, Heer Amt=
mann! adjüs, Frau Amtmännske! (Schnalzt mit dem
Finger.) Byivat myin Lottchen! (Ab.)

 Sidonia. So sind die Wittmänner! da siehst
Du's, Edmund! Gott erhalte mich am Leben — sonst
könnt' es Dir auch so gehn. Und wenn man's ihnen
gedruckt vorliest, und wenn ein Prediger käme wie der
weise Sirach, es bleibt die Predigt in der Wüste, und das
Ohr des Wittmanns verkleistert sich mit Wachs und Pech.

 Amtmann. Na, na! von jungen Wittfrauen
ließe sich auch ein Liedlein singen. Doch genug da=
von! Mich soll nur wundern, ob er morgen mit sei=
nem Lottchen herankommt. Ich kann's kaum glauben.
Die Person, so weit ich sie kenne, ist eine sehr ver=
nünftige. Und ich will Dir noch mehr sagen: sie
heißt gar nicht Lottchen Rosenthal, sondern Müller.
Gib Acht: hier hat der Engelbert Schmidt die Hand
im Spiel und hat den alten Kerl zum Narren.

 Sidonia. Ganz Deiner Meinung, Edmund!
Aber wie sich das abwickeln wird? wie der verrückte
Kerl wieder zur Vernunft kommen wird? — Doch
nun, Bücher bei Seite! auch die Sprickeln und Spöne!
Es ist Zeit zum Casino.

    (Vorhang fällt.)

Fünfte Scene.

Meister Fastabend in seiner Stube.

Ik hewwe myi 'n Buagen Papier kofft — Fiäre un Inket heww' ik lennt. Phyilipp, schnuite de Lampe naumol — niu fank an un schryif! (Er setzt sich zum Schreiben zurecht und legt die Stirn in die Hand.) Jo wuall — schryiwen .... awer bat? — Schryiwen is lichter gesaggt ase gedohn. Kuiern kann ik — schryiwen mäket myi Last. — Phyilipp, sett den Brill op! (Er setzt einen altmodigen Kneifer auf die Nase.) Niu schryif! — — — Wiske mol met dem Schnuffte=Plettken üwer den Brill — (er thut's) — niu schryif! — — Nimm dyi äist en Pryisken! Dat gitt klore Gedanken! (Er schnupft und niest.) Gesundheit, Phyilipp! Un niu schryif! (Er macht allerlei Vorbereitungen, tunkt die Feder ein, probirt sie auf dem Tische 2c.) Sett dyi 't Lämpken en bittken nöger — niu fank an un schryif! (Pause.) — (Er legt die Feder hin und steht auf.) Sast äist en paarmol düär de Stuawe op un dal gohn, ase de Pastauer, wanne de Priäcke schryiwet. Dat sall helpen, segget se. (Schreitet auf und ab.) Guatt der Heer! Dat dacht' ik Sundag nit, as' ik in myime Frunlyichnamsrock no Lottchen wippede — — no Lottchen? — Prostemohltyit! ments in de liege Küke — — nä, dat dacht' ik nit, dat ik van Dage nau nit de Streiche syin söll — van Dage, bo all Dunerstag is! Fyif ganze Dage rümmegelaupen un Lottchen nau met keinem Auge saihn! O! de Säinsucht hiät mik half opdroiget! Goh' ik füar'm Hiuse hiär — kein Lottchen. Lunketür' ik mol no'm Ruitken — kein Lottchen. Wahre if de Pumpe op der Spitolstrote — Miägede genaug, awer kein Lottchen. Dreimol hemm' if myi en Hiärte packet un sin in't Hius ringohn un druchte op de Klinke van der Küfendüähr — jo wuall! Schmie's Kättken derfüär un de Düähr tau. Söll dann alle düse Dage byi Justizroth Schmidt kein Middages, kein Nachtmes, kein Kaffäi kuacket syin? Blhiwet det ganze Hius imme Bedde liegen? — Söll Lottchen nau ümmer byi'm Schwoger syin un pleegen de Frau met iären acht Kinnerkes? (Nachdenk=lich.) Am Enne is't selwer van diän Trichinen an=stiäcken woren un legget do niu auf un krempet sik in Schmiärten un gäit daut — — daut — — o Heer! dat fehlte of nau! Dann wör' if awer 'n twäi=mol geschlagenen Keerel! — Ach, Lottchen, bat is myi düt! Bat sall de Heer Amtmann seggen! Dai sittet do niu liuter, un lurt un lurt op mik un Lottchen — un bai iutblyiwet, is Phyilipp un Lottchen. De Heer Amtmann dött myi binoh sau läid, as' if selwer. (Pause.) Könn if ment äinmol diän gudden Heer Engelbert Schmidt te kuiern kryigen! Sier Sundag Owend, bo if iämme vertallte, if wör byi'm Amt=mann wiäst, un bo hai myi saggte, if härr' myine Sake scharmante macht, un Lottchen söll sik des an=dern Muargens syin opkrassen un gohn met myi no'm Büreau — — sier Sundag Owend hemm' if nit Hand, nit Faut mehr van iämme saihn. Süs kam hai doch jeden Dag wenigstens äinmol met der langen Pyipe un käif myi ter Düähr rin, machte en paar Faxen un genk dann wier — awer näi, hai lätt sik nit mehr saihn. 't is, ase wann dat ganze Schmidt'ske Hius liegstuarwen wör. Ments den allen Justizroth soh' if van Muargen met syinen Akten no'm Gerichte gohn. Use Hiärrguatt sall wieten,

bat alles dat te beduien hiät — ik wäit et nit. —
Ik mott Klorheit in dai Sake brengen, süs tiähr' ik
mik op füär Säinsucht un Ungedult. Ik mott schryi=
wen, ik mott 'n Braif op de Post leggen, ik mott
wieten, of Lottchen daut is oder lebändig. — —
Sett dik wier dahl, Phyilipp, un schryif! Met Rüm=
megohn in der Stuawe kriste nix te Papiere. Schryif,
as' et byi ümmet Hiärte is! op en paar Fehlerkes
kümmer't nit an. (Er setzt sich und fängt an zu schreiben.)
„Liebes Lottchen!" — Dat stäit do; awer dat is te
wenig — iät schräif: „Herzallerliebster Schatz!" Ik
mott der nau wat byi daun. — Jä, battann? —
„mein Engel?" — Dat gäit; doch nau van beiden
Syien en wenig drümme. — „Holder Engel meines
Lebens!" — Joh, dat passet, dat lutt schoine. Phyi=
lipp, dat sett! (Schreibt.) Do stäier't; et mäket sik
nette. — Biu födder? — „Mein Herz ist mir so voll
wie ein...." — „wie ein"... — wüßte ik niu 'n
netten Berglyik!... „wie ein"... ik well byi myinem
Handwiärk blyiwen un sette: „wie ein Ofen, der den
ganzen Winter gebrannt hat und keinmal gereinigt
ward." — Et stäit do un lutt scharmante. Ik kumme
balle innen Zug. — Wann ik niu sau 'n recht schoin
Verskken wüßte van der Liebe! Wachte! ik konn ase
Junge sau 'n nett Laid, do kam en Wyiwesmenske
in füär, dat hette Lenörken. Niu wachte: biu hett
doch dat Verskken? — Richtig: (er schreibt und spricht)
„Holla, holla! thu' auf, mein Kind! schläfst, Liebchen,
oder wachst Du? Wie bist noch gegen mich gesinnt?
und weinest oder lachst Du?" — Dat passet niu äin=
zig! In diär Froge is eigentlich alles saggt, bat ik
selwer frogen woll. „Thu auf, mein Kind!"... dat
is ungefähr datselftige, ase wann ik säggte: „Brümme
is de Küfendüähr ümmer tau?" Un: „schläfst, Lieb=

chen, ober wachst Du?" Dat is sauviel ase: „brümme hör' ik un saih' ik nix van Dyi?"... ments sinner iutgedrücket.... do kann't op riufen! — „Wie bist noch gegen mich gesinnt?" — Dat is en Woort, do hanget tain Punt an. Biu bist Diu gesinnet? Fröntlik? hiärtlik? holdsiällig? liebreich? anmaidig? — Ik huapp' et, ik huapp' et. Un bist Diu gesinnet, moren met no'm Büreau te gohn? Ik huapp' et. — „Und weinst Du ober lachst Du?" Schoin! Do sett' ik iut eigner In=vänz ments nau ächter: „Und bist Du roth ober todt?" Schoin! et lutt. (Pause.) Bat dann södder? (Pause.) Billichte nau'n Versken? „Schier dreißig Jahre bist Du alt?" — Näi, dat könn't üwel niämmen. Denn wann en Miäcken of diärtig Johr alt is, et hört et doch nit gern. — „Es wollt' ein Jäger jagen?" — Passet nit. — „So viel Stern' am Him=mel stehn, sovielmal sei Du gegrüßt?" — Dat passet, awer dat well ik myi süär'n Schluß versparen; do kann't dann heiten: „Sovielmal sei Du gegrüßt von Deinem Dich innig liebenden Philipp Fastabend." — Doch bat dann niu? — Ei, ik was iäwen sau nette imme Zug, un sin der niu ganz wier riut. — (Pause.) Un myine Oigelkes weert myi sau klein — ik sange an te jäiwen. (Gähnt.) Biu södder! Ments nau äin Versken van der Liebe! Phyilipp, bedenk Dik mol!.... Liebe.... Liebe.... Wachte, biu hett doch dat Laid, bat dat schwarte Jiudendäier op der Steinstrote alle Dage joihlt un hiät det Fenster derbyi uappenstohn, wann't of heidenmäßig kalt is? Richtig: „Ob ich Dich liebe, frage die Sterne!" Dat sett' ik, dat is 'n schoi=nen Gedanken? — Ei, awer dat Sandmänneken küm=met.... (reibt sich die Augen).... oder brinnt de Lampe sau duister? Schnuit' se naumol, Phyilipp! (Pause.) Awer dat Jäiwen, dat Haujahnen kümmet myi sau

mächtig, dat myi balle de Backen iutäin=spallert. (Gähnt.)
Ik gloiwe, Phyilipp, et is biätter: Diu döst äistmol
fyif Miniuten de Augen tau! Dann klört sik dai Ni=
wel füär der Blesse wier op, un de Gedanken kum=
met dann sau klor herfüär ase de laiwe Sunne....
(er senkt das Haupt).... ase de laiwe Sunne.... (der
Kopf sinkt bis auf den Arm).... ase de Sunne.....
(Er schläft, anfangs leise, dann stärker schnarchend.) — (Im
Schlafe sprechend.) Ob ich Dich liebe, frage die Sterne....
Lottchen, frog de Steeren.... (Schnarcht weiter.)

Ein Geist tritt auf, ganz weiß, mit langer, brennender Kerze
in der Hand, sieht den Schlafenden eine Zeit lang stumm an und
wendet sich dann an's Publikum.

Myine laiwen Heerens un Damens! Verschrecket
ug nit! Ik sin tworens en Gäist — bat füär'n Gäist?
De säll'ge Faströwendske, diäm Phyilipp syine säll'ge
Maricke=Thryine — awer diärümme briuk' yi doch
nit te grüggeln. Byitet faste op de Tiänne un hört
mik an. Ik liege äist anderthalf Wiäcken im Grawe
— awer dreihundertmol hemw' ik mik imme Grawe
all ümmedrägget, iut Aerger üwer myinen hinnerlot=
nen Witmann. Dai Menske mäket jo all wier sau
dulle Sprünge, dat ik in der Eere keinen Augenblick
Rugge hewwe. — Awer ik saih: et is ug doch ümmer
nau eisig, ug Mannsluien statt de Hoore de Biärge,
un yi Frauluie syid ümme de Nase sau witt ase
Kryite. Diärümme well ik äinmol myinen witten
Mantel half terüggeschlohn un loten ug äinmol un=
ner myinen schnaiwitten Schlegger kyiken — dann
saih' yi, dat ik 'ne ganz, ganz wyitlöftige Aehnlichkeit
met Engelbert Schmidt von der Spitol=Strote hewwe.
(Hüllt sich wieder ein.) Ik sin iut dem Kiärkhuawe kum=
men, hewwe 'n Tyitlank biuten füär'm Fenster schwiä=
wet, un as' ik soh, dat myin hinnerlotene Kerel byi

ſyime Laiwes-Braiwe inſchlopen was, do ſin if düär'n Schuattſtäin runnerrieen un well iänne mol in't Ge= biätt niämmen; villichte, dat dat nau helpet un diän allen Stengel van ſyime Frigge-Rappel kuräiert. Niu wiet' yi Beſchäid — dai Geſchichte kann luasgohn. (Ein gewaltiger Knall hinter der Scene — der Geiſt ſteht ganz ruhig. Bei dem Knall fährt Meiſter Faſtabend jählings in die Höhe.)

Faſtabend (entſetzt). Marjauſſäip, bat was dat? Biwert de Eere? Dunert det Firmamente? Stüärtet det Gebühntſe inäin? — (Erblickt den Geiſt — zurück= fahrend.) Jeeßes, bat is dat!! — (Sich ängſtlich hin= und herwindend.) Alle guten Geiſter loben Gott den Heeren! (Stöhnend.) O Heer! o Heer! o, wüßt' if en Minſe= luack! O Heer, if ſtiärwe! (Er rückt mit ſeinem Stuhle im= mer weiter in die Ecke.) Et kyket mit liuter ganz ſtur an — — et well wat ſeggen — — if mott et ſproken — biu ſall if anfangen? (Lauter.) Biſt Diu van Guatt? un kümmeſte van Guatt? un weſte no Guatt?

Geiſt (mit hohler Stimme). Joh!

Faſtabend (immer in gleicher Angſt). Bat is Dyin Begiähr?

Geiſt. Dyine Säile!

Faſtabend. Bai biſte? un bat weſte?

Geiſt (ſtets mit hohler Stimme). Ik ſin Dyine ſäll'ge Frugge un heite Maricke-Thryine.

Faſtabend (aufſchreiend). O Heer! myine ſäll'ge Frugge!! o Heer!! — Bat fehlt Dyi tau'r Gnode un äiwigen Rugge?

Geiſt. Bai myi de Rugge niemet, dat biſt Diu! Dreihundertmol heww' ik mik imme Grawe rümmedrägget van wiägen Dyiner. Diärümme ſin ik kummen, un bichten ſaſte myi, bat Diu ſier myi= ner Begriäfde op Eeren driewen hiäſt. Un wann De nit byi der Wohrheit blyiwest, dann drägg' ik Dyi foortens dat Knick rümme. Gif Antwort!

Fastabend (bebend und ganz in die Ecke gedrückt). Ik well Antwort giwen.

Geist (eraminirend). Biu lange sin ik daut?

Fastabend. Tain Dage.

Geist. Biu lange hiäste an mik dacht un myin Andenken in Ehren hallen?

Fastabend. Liuter un ümmer!

Geist (drohend). Geluaggen! ik drägge Dyi 't Knick rümme! Gif Antwort: biu lange?

Fastabend. Bit den Dag no der Begriäfde.

Geist. Un biu lange all hiäste wier an de Frauluie dacht?

Fastabend. O Heer! ik an de Frauluie dacht?!

Geist. Bichte — süs verdrägg' ik Dyi in düm Augenblick det Gesichte in den Nacken. Bannehr hiäste byi der Frau Amtmännsken froget — Diu hörst, ik wäit alles — biu me jitzunders dat Friggen antefangen härr?

Fastabend. Et weert moren acht Dage.

Geist. Sau!! alsau väier Dage no myime Daue. Gif födder Antwort: bannehr hiäst Diu Dyine Stuawe wittelt un't Hius van biuten giäll anstriken?

Fastabend. Büärgen Soterdag.

Geist. Sau!! alsau den fyisten Dag. Un bat harrst Diu byi diäm Witteln un Stryiken, midden imme kallen Winter, im Sinne?

Fastabend. Nix, ase de laiwe Rentlikeit.

Geist. Bichte — süs fall ik Dyi oppet Knick. Bat harrste dobyi imme Sinne?

Fastabend. Et soll den Luien in't Auge löchten.

Geist. Den Mannsluien, oder den Frauluien? Bichte — ik wäit alles.

Fastabend. Den Frauluien.

Geist. Sau — den Frauluien! — Födder: bannehr hiäste 'n Braif kriegen?

Fastabend. Diänselstigen Soterdag.

Geist. Un bannehr hiäste Dyi iut Plasäier üwer diän Braif 'ne hundertjöhrigen Münsterländer drunken?

Fastabend. Diänselstigen Dag.

Geist. Un bannehr hiäste in Schmidt's Hiuse an der Spitol-Strote twäi geschlagene Stunden op de Briut lurt?

Fastabend (sich windend). O Heer! et wäit Alles! — Ik well bekennen: lesten Sundag.

Geist. Sau!! lesten Sundag — den säßten Dag. — Födder: bannehr biste byi'm Amtmann wiäsen un hiäst Dik mellet in dat Kästken?

Fastabend. Et wäit alles, alles! — Diänselstigen Nummedag.

Geist. Sau!! Diänselstigen Nummedag! — Un bannehr hiäste op en gutt, fruamm Bauk schannt, bo Dyi riuter füärluasen worte, biu et Witmännern genge, wann se wierfrigget?

Fastabend. Byi diärselstigen Geliägenheit.

Geist. Sau!! — Un biu vake hiäste sier diäm Dage bit dato Dik no der Briut ümmesaihn, de Hiusdüähr wahrt, no'm Ruitken kieken, de Pumpe op der Strote in Aubacht nuammen, un op de Klinke an der Küfendüähr drücket?

Fastabend. O Heer! genaue Tahl kann ik nit angiwen. Awer op de Klinke an der Küfe heww' ik ments dreimol drucht.

Geist. Sau!! dreimol. — Un biu vake hiäste bit dato no der Briut föchtet? Genaue Tahl!

Fastabend. O Heer, o Heer! do is myin Gedächtniß te schwak tau.

Geist. Wuall tainmol. in der Stunde?

Fastabend. Et mag of elfmol wiäst syin.

Geist. Sau!! elfmol. — Na, bit hyihenne hiäste ziemlik oprichtig bichtet. Wann de awer of loichet härrst, dann seete Dyi niu all 't Gesichte im Nacken. — Awer niu mol födder: bat schryiweste do?

Fastabend (sich windend). O Heer! o Heer!

Geist. Oprichtig! Antwort! Bat schryiweste do?

Fastabend. 'ne Braif.

Geist. An biänne?

Fastabend (kleinlaut). Ik mott bekennen: an Lottchen.

Geist. Bat füär'n Lottchen?

Fastabend. An dat Lottchen, bat dem allen Justizroth Schmidt byi der Spitol-Kiärke de Küke hället.

Geist. Sau!! Un bat hiäste in diäm Braiwe schriewen?

Fastabend (sich hin- und herwindend). O Heer, o Heer, o Heer!

Geist. Bat hiäste schriewen? Oprichtig! Wahr Dyin Knick! Biu lutt de Uewerschrift?

Fastabend. Ik mott, ik mott! — „Liebes Lottchen, holder Engel meines Lebens!"

Geist.. Sau!! holder Engel meines Lebens! — Sau! — Födder well ik gar nix hören. (Lauter.) Futtahne! Ajasses! Wann Gäister spiggen können, dann spiggede ik iut. — Hyi op der Styie terriste den Braif un verbrienst de Lappen an der Lampe!

Fastabend (bebend). Jo, jo, jo! ik terryite 'ne un verbriänne de Lappen an der Lampe. (Er thut es.)

Geist. Gutt! — Antworte föbder: biu alt bist Diu?

Fastabend (wieder ganz in die Ecke gedrückt). Fyif= unfufzig.

Geist. Dat kannste dem Amtmann vüärlaigen, awer myi nit. Biu alt?

Fastabend (bebend). Fyifunsäßtig.

Geist (drohend). Biu alt?

Fastabend (bebend). Jo, jo, jo! ik wellt seggen: te Sente Simon=Judä sin ik achtunsäßtig woren.

Geist. Sau!! achtunsäßtig! Ajasses! ft Duiwel! un Diu west wierfriggen?

Fastabend (bebend). O näi, näi, näi, näi! ik well myiner Lebstage nit wierfriggen!

Geist (streng befehlend). Do! hiuk' Dik diäll, falle beide Hänne un versprief myi, dat Diu bit in Dyi= nen Daut nit wierfriggen un an kein ander Wyiwes= menske mehr denken west ase an mik!

Fastabend (kniet nieder). Ik hiuke mik diäll, falle beide Hänne un verspriäcke Dyi: ik well bit in myinen Daut nit wierfriggen un an kein ander Wyi= wesmenske mehr denken, ase an Dik!

Geist. Un west alle Dage Dyiner säll'gen Frugge ingedenk syin met tain Vatterunser un Ave Maria?

Fastabend. Alle Muargen, Middag un Owend!

Geist (drohend). Un wann Diu Dyin Verspriäcken nit hälleft un scharwänzest ümme de Frauluie rümme un schryiwest Braiwe un lunketürst nom Ruitken un schablünterst in frümeden Küken rümme un, bat de Hauptsake is, gäist met emme Wyiwesmenske no'm Amtmann un friggest wier: dann hör', bat Dyi passäiert: jede Nacht, fau ase de Uhr op der Spitol=

Kiärke de twiälwe schlätt, dann stoh' ik an Dyime Bedde un brenge twäi Duiwels met, un well Dik zwicken, well Dik zwacken, well Dik kiteln, well Dik knyipen, well Dik ruppen, well Dik nuffen — well Dik schröggeln, schwehlen, briännen — well Dik hoggen, stauten, stiäcken — well Dik kriwweln, krawweln, krassen, un Dik naknig op de Strote setten, un Dik.....

Fastabend (noch immer knieend). O Heer! ümme Guaddes willen halt in! halt in! ik stiärwe mik te Daue süär Angest un Frochten un biwere, dat mhi de Tiänne klappert un alle Knuacken imme Lhiwe rappelt. Ik verspriäcke Dyi naumol op myinen Knaien: ik well nit wierfriggen un an kein Whiwesmenske mehr denken, ase an Dik. Un vergif myi alles, bat ik Dyi bit hyi un düsen Dag te Läie dohn hewwe! Ik well't myin Liäwen nit wier dauhn!

Geist. Gutt! — Ik sin tefriän! Dyi is vergafft! — Niu foier' Dik op no myiner Füärschrift un syi ingedenk myiner Woorde! — Myine Stunde is rümme — myin Sark verlanget no myi — ik verschwinde — Adjüs, Phyilipp! in der Aeiwigkeit saih' ve us wier. (Der Geist verschwindet.)

Fastabend (noch knieend). Guatt Luaf un Dank! et is wiäg! — (Steht auf.) O Heer! ik schnappe no Ohm — de Knaie schwackelt myi, amme Diske mott ik mik hallen — ik schwäite as' en Bare, myin Himed un Wammes kann nie iutfringen! — O Heer! düse Stunde was schliemer, as' en Johr Fiägefuier! In säß Wiäcken kumm' ik nit wier te Streiche! Oh, wann in dür laten Stunde doch nau äin Menskenkind wach wör, un ik könn.....

Engelbert (tritt ein). Gudden Owend, Mester Fastowend! Ik soh nau Lecht — do denk' ik: hiäst

sau lange diän laiwen Nower nit saihn — sast mol
iäwen tausaihn, batte mäket.

Fastabend (eilt auf ihn zu und nimmt ihn krampfhaft
in die Arme). O Heer Schmidt! o Heer Schmidt! en
Glücke van usem Härrguatt, dat Sai kummet, dat
ik wier 'ne lebändigen Menſken packe!

Engelbert. Na na, Nower, bat fehlt ug? yi
saiht iut, asc wann yi iutem Grawe keemen. Sau
verstruwwelt heww' ik ug myin Liäwen nit saihn.

Fastabend. O Heer Schmidt! ik biwre, ik
klappre, ik schniäddre! myi is wat pasſäiert!

Engelbert. Pasſäiert? doch kein Malheur?

Fastabend. Myi is wat erschienen — doch
vertellen Sai't keiner Menſkenſäile! ik kann't iänne
selwer van Owend nit mehr vertellen — sau biwre
un schniäddre ik. Awer sauviel segg' ik van Owend
all: ik frigge nit wier, un blyiwe Witmann un halle
myine säll'ge Frugge in Ehren.

Engelbert. Is dat uge faste Entschliut? Awer
üwerlegger't ug naumol met Rugge!

Fastabend. 't weert nix mehr üwerlaggt! 't
stäit faste asc de Kiärkenthauern: ik blyiwe Witmann
un halle myine säll'ge Maricethryin' in Ehren. Un
Sai, Heer Schmidt, mottet myi helpen un brengen
alles wier in't Rüggespuar!

Engelbert. Yi meint, byi Lottchen?

Fastabend. Joh, un byi'm Amtmann, un
seggen beiden, ik bliwe as' ik sin, un de Friggerot
wör tem Enne.

Engelbert (stellt sich nachdenklich). Dat is en
schwor Stück Aarbet!

Fastabend. Awer Sai motter't daun, Heer
Schmidt — Sai mottet, iut Fröndskopp und Nower-

ſtopp! Sai konnt kniern — Sai motter't wier in de
Rhige brengen.

Engelbert. En ſchwor Dinges! — Doch füär
ug dau' if alles. Villichte is't mhi müglik, et lätt
ſik jo'n Quack düär 'n harten Stäin buahren. Aeint
is gutt: yi ſelwer het füär Lottchen nau kein Woort
ſaggt, nit mündlich, nit ſchriftlich, un dat is 'n ge=
waltigen Unnerſchäid. Bat Lottchen ug ſchriewen
hiät, dat binnet ug nit.

Faſtabend. O Heer jo! Do wör et jo en wohr
Glücke wiäſt, dar't Sundag Nummedag nit in der
Küke was!

Engelbert. Nit wohr? — Un nau äint is
gutt: byi'm Amtmann ſin yi alläine wiäſt un het
keine Papiere afgaſt. Dat is wichtig! alläine, un
keine Papiere — dat mäket myi dai Sake 'n Haupen
lichter. If huappe, if ſchiuwe den Wagen wier in
de rechte Leiſe.

Faſtabend. Näi, Heer Schmidt! if bidde Sai:
verſpriäcken Sai't myi in de Hand! eger weer' if
nit rüggelk imme Hiärten.

Engelbert. No dann! if verſpriäck' et ug
(gibt ihm die Hand) — if niämme alles op mik — yi
briuket ug ümme nix mehr te kümmern.

Faſtabend. Danke, danke diuſendmol, Heer
Schmidt! Do fället myi 'n Mühlenſtäin van der
Säile runner! En Glücke van uſem Hiärrguatt, dat
Sai van Owend nau kummen ſind!

Engelbert. Niu well if ug of nau äint ſeg=
gen, Nower Faſtowend! Wiet' yi, biu yi ugen Hius=
ſtand am beſten inrichtet? Saiht: yi hat do diän
prächtigen Jungen, diän Phyilipp junior.....

Fastabend. Joh, dai Junge is gutt.

Engelbert. Un dai Phyilipp hiät dai scharmante Frugge....

Fastabend. 't is wohr: Lyisebett is auf ganz gutt.

Engelbert. Un dai beiden het sau nette Kinnerkes...

Fastabend. Joh, laiwe Kinnerkes! besonders myin kleine Paa; dai is ganz myin Kunterfei!

Engelbert. Un brümme lot' yi do diän Phyilipp ter Hüre wuhnen? Ik well ug wat seggen: de Luie het sik viel drüwer ophallen; if selwer heww' et ug verdacht. Niu mak' yi dat Dinges sau: Phyilipp junior un Phyilipp senior schmyitet iäre Plünse tehaupe, soiert äinen Hiushalt, verdriätt sik in Rugg' un Frieden, un Lyisebettken suarget süär ug, villichte nau biätter ase uge säll'ge Frugge —— un dai styif laiwen Pööste kleetert dem Graußvar oppen Knaien un oppem Puckel rümme — dat git 'n Liäwen in ugem Hiuse! — un yi sitter do ase de ehrwürdige Patriarch tüsker ugen Kinnern un Kinneskinnern imme Süärger un schmaiket lank.

Fastabend (freudig). Joh, joh, joh! ase de heilige Abram, Isaak un Jakob. — Joh, joh! sau sall't shin! — (Etwas nachdenklich.) Awer myine Kasse, dai soier' if doch am besten selwer.

Engelbert. Dat wört' if auf dauhn — un hyimet alles in Ordnunge! — Niu well' if ug wat anders seggen: as' if iäwen üwer de Stäinstrote kam, do harr' dai nigge Bäierbrügger nau Lucht; hai hiät gewiß 'n frisk Satt anstiäcken. Un wann vyi of kloppen mottet, hai lätt us nau rin. Kummet, Nower! schlopen konn' yi doch nau nit, yi sind te opgeregt..

Fastabend. Joh, dai Schrecken, diän ik hat hewwe!!

Engelbert. Un ok dai niggen Entschliutungen! — Kummet! ik trachtäiere, sau viel as' hi wellt un as' hi muget. Dat sall ug wier terechte brengen.

Fastabend. O laiwe Heer Schmidt, bat sind Sai gutt!

Engelbert. Niu awer fixe! Gatt in de Kamer un trecket den Rock an! Kämmet ug äinmol üwer de Hoore! Stiäcket ok Tuback bhi! In twäi Miniuten mott' hi ferrig shin.

Fastabend. Gutt! Sai sollt op mik nit wachten. (Er geht ab, guckt aber nochmals um die Thür und sagt:) Heer Schmidt! nau äint! Dat ik et nit vergiätte! können Sai mhi nit auf tau sau'me Baiksken helpen? wieten Sai, bo de Heer Amtmann mhi dat scharmante Stücksken riut vüärlauste, biu 't diäm Witmann genk, dai wiersrigget harr'? Dat was niu 'n äinzig=rohr Stücksken! Dat mott ik mhi iutwendig lehren! Dat was de pure Klaukheit un Whisheit! scharmante, scharmante!

Engelbert. Sau! hi meint „Spricfeln un Spöne?" Joh, dat soll hi hewwen! Ik well't ug nagelnigge kaupen un maken't ug taum Presänte.

Fastabend. Schoin, schoin! (Geht ab.)

Engelbert (zum Publikum):

> Ein Wittmann ist ein altes Haus
> Mit einem Dach von Stroh —
> Ein Flämmchen nur daran gelegt,
> So brennt es lichterloh.

6

Zu löschen dann, wenn's einmal flammt,
Das ist verteufelt schwer,
Da helfen Spritz' und Eimer nicht
Und keine Feuerwehr.
Mit Hexerei und Zauberwort
Wird kaum gedämpft der Brand —
Ein Glück, daß ich in casu quo
Auf Geister mich verstand!
Ihr aber, die versammelt hie,
Spielt mit dem Feuer nicht —
Das sei zum guten Schlusse die
Moral von der Geschicht'!

(Vorhang fällt.)

E n d e.